Cris Jerel

L'Univers d'Ildaran

Cycle de l'héritier - Volume 1

ISBN 979-10-95650-08-9

© Troisième édition, 2nd trimestre 2016.

Chapitre 1

L'alarme de la petite base impériale réveilla brutalement Florilius. La nuance sonore qualifiait une alerte de niveau neuf, ce qui provoqua un vif étonnement chez le commandant du détachement local de la garde spatiale. Comment une alerte de niveau neuf pouvait-elle être déclenchée sur une planète insignifiante, isolée dans le quadrant d'un bras spiral situé à l'opposé du noyau galactique ?

L'intelligence artificielle, régulant la base, avait automatiquement éclairé la pièce et Florilius put balayer des yeux son environnement quotidien : une chambre, de trente mètres carrés, qui était son seul refuge privé, depuis maintenant trois ans. Il avait été affecté sur cette planète à l'écart des principales voies de communication et avait appris à apprécier le calme de cet isolement relatif.

Le niveau neuf était le plus élevé dans l'échelle d'importance de l'empire et la première pensée qui lui vint à l'esprit fut que la fédération de Lorka ait pu décider d'envahir ce système, bravant la Charte des Al-Heoxyrians. Mais son esprit rationnel se refusait à admettre que les dirigeants de la fédération puissent être assez fous pour risquer la destruction de leur étoile ?

La chambre de Florilius correspondait aux standards en vigueur dans l'empire, aussi bien à bord des vaisseaux spatiaux que dans les installations militaires au sol. L'homme l'avait partiellement personnalisé avec des représentations graphiques fluctuantes, affichées sur les murs nanocontrôlés de la pièce.

L'officier ne prit pas le temps de passer dans la salle d'hygiène corporelle, attenante à sa chambre, il se contenta de vérifier sa tenue en faisant face à son reflet projeté devant lui. Il mesurait un mètre soixante-dix-huit et on lui aurait donné environ quarante ans. Une allure typiquement militaire : déterminée, mais sans agressivité. Une lueur rassurante dans les yeux, semblant dire : vous ne risquez rien si vous suivez mes instructions à la lettre.

Bien qu'en exercice, il avait revêtu l'uniforme simplifié de la marine impériale : combinaison nanoformée noir et orange, ceinturon standard avec un disrupteur moléculaire à la hanche et le boîtier caractéristique d'un générateur de champ *Horlzson*. Florilius n'affichait aucun insigne distinctif identifiant sa fonction, mais tout le personnel de la base le connaissait et il était donc inutile d'exhiber les signes extérieurs de son rang. Il s'estima satisfait de l'image qu'il renvoyait et, compte tenu de l'urgence de l'alerte, se décida à rejoindre son équipe. Avec un geste négligent, il passa sa main dans ses longs cheveux clairs, coupés suivant les règles de la marine impériale : au ras des épaules.

En cas d'alerte dépassant le niveau cinq, tous les officiers devaient se rendre, sans délai, dans la salle tactique et le responsable militaire de la petite base s'engagea, d'un pas décidé, dans le couloir menant au centre opérationnel.

Le lieutenant Gorantim l'attendait à l'entrée ainsi que les deux sergents de la petite unité qui étaient déjà assis, l'air interrogateur. Florilius entra dans la salle tactique, observant ses hommes parfaitement calmes bien que visiblement très intrigués par le niveau d'importance de l'alerte.

Gorantim lui lança un regard interrogatif auquel Florilius répondit par une mimique signifiant : vraiment aucune idée.

- Avez-vous une idée de ce qui se passe, commandant ? s'impatienta son adjoint.

- Non, lieutenant. J'ai attendu que nous soyons tous réunis pour interroger l'IA, répondit l'officier.

L'IA, c'était le cœur opérationnel de la base. Un calculateur quantique, interconnecté avec une masse de neurones artificiels, capables de prendre des décisions semi-intelligentes. Chaque nanocomposant constituant la station était sous le contrôle de l'IA. Celle-ci était reliée en permanence aux détecteurs et drones multiples parsemant ce système solaire. Elle était capable d'opérer pratiquement en autonomie complète, tant son degré de raisonnement était affûté, mais elle prenait néanmoins ses consignes du commandant Florilius qui avait l'autorité décisionnelle, tant qu'il ne contrevenait pas aux règles édictées par l'Empire.

- IA, les officiers sont tous présents. Que se passe-t-il pour avoir déclenché une alerte de niveau neuf ? s'enquit le commandant.

Une représentation holographique de l'IA se matérialisa au centre de la table. L'image projetée en trois dimensions était criante de réalisme et n'importe qui, non habitué aux échanges avec elle, aurait cru voir apparaître réellement une sphère de quinze centimètres de diamètre au milieu du groupe. Une voie androgyne s'en échappa.

- UN SOUS-PROGRAMME VIENT DE DETECTER UNE CORRESPONDANCE MORPHOLOGIQUE AVEC UN INDIVIDU RECHERCHE PAR L'EMPIRE.

- Un niveau neuf pour une personne recherchée ? Sur une planète préspatiale ? Le lieutenant Gorantim haussa les sourcils d'étonnement devant l'incroyable situation et croisa le regard de son chef, visiblement aussi surpris que lui.

- CET ORDRE DE RECHERCHE EMANE DIRECTEMENT DE KERA SERAVON ET CONCERNE LA SECURITE IMPERIALE. CETTE PERSONNE DOIT ETRE APPREHENDEE MORTE OU VIVE ET RAMENEE A L'EMPEREUR. CETTE INJONCTION A ETE IMPLANTEE DANS MES SYSTEMES A L'INSU DE MA PARTIE CONSCIENTE ET JE N'AI PRIS CONNAISSANCE DE CETTE ROUTINE QUE LORS DE L'ALERTE.

- Tu veux dire que cet ordre impérial est resté dissimulé depuis son implantation ? Questionna le commandant, surpris.

- EN EFFET. CET ORDRE CONTIENT UNE INJONCTION DE CONFIDENTIALITE. LES INFORMATIONS CONCERNANT CET

- Et qui est l'heureux élu demanda avidement l'officier.

- ISHAR VERAKIN.

La représentation d'un jeune homme remplaça la sphère et tous purent l'observer en train de discuter, au milieu d'un groupe d'humains. Rien ne semblait le distinguer des autres jusqu'à ce que les soldats de l'Empire remarquent le signe particulier caractérisant la famille Verakin depuis des millénaires.

- Il resterait un Verakin vivant ! s'exclama Gorantim, décidément pas au bout de ses surprises.

Florilius réfléchissait à la situation. Les services de l'empire avaient pourtant largement communiqué sur la mort de tous les Verakin lors du putsch du clan Seravon. Comment un survivant pouvait-il avoir atterri sur cette planète perdue ? Mais peut-être était-ce simplement une fausse alerte. Après tout, l'individu avait été repéré par un programme de surveillance à partir d'images télédiffusées. L'IA reprit.

- LA CORRESPONDANCE A ETE REALISEE A PARTIR D'UNE RECONNAISSANCE FACIALE EXTRAPOLEE DE SON ADN STOCKE ET EST DONC INCERTAINE. IL RESTE A ANALYSER L'ADN DE CET HUMAIN POUR EN ETRE SUR, MAIS LA MORPHOLOGIE CORRESPOND APPROXIMATIVEMENT A 79,543% AVEC CELLE D'ISHAR VERAKIN.

Florilius eut un sourire amusé en pensant que le degré d'approximation était une donnée subjective. Trois chiffres de précision après la virgule étaient une approximation pour une IA.

- Comment un Verakin aurait-il échoué sur cette planète, loin de tout axe de communication ? Il n'y a rien dans ce quadrant spatial. S'interrogea tout haut le commandant impérial en regardant ses subordonnés, tout aussi étonnés que lui.

- Nos systemes de detection n'ont rien enregistre en dehors de nos navires de ravitaillement. Je n'ai aucune explication probabiliste sur la presence possible d'un Verakin sur cette planete avec les donnees actuelles a ma disposition.

- C'est peut-être tout bonnement une erreur, sans rapport avec Ishar Verakin. Avec un peu moins de 80% de correspondance, nous ne pouvons pas écarter l'hypothèse qu'un natif lui ressemble. Néanmoins, dans le doute, nous devons le capturer et vérifier son identité. Tu as sa localisation précise ? s'enquit Florilius.

- Pas encore, mais il se trouve dans une zone geographique situee de l'autre cote de la planete. J'affine mes recherches pour vous permettre de le situer avec precision.

- Bien. Je suppose que l'ordre implanté exige d'avertir l'empereur sans délai ?

- En effet. J'ai fait appareiller le Carusif en direction de l'exterieur du systeme pour qu'il expedie une sonde messagere, au plus vite. En attendant les forces speciales de l'empereur, vous devez mettre tout en œuvre pour apprehender le fugitif recherche. L'ordre est tres clair : vivant de preference, mais dans tous les cas, le corps doit etre renvoye a l'empereur.

- Oui, ça j'imagine bien que Kera Seravon ne souhaite pas voir réapparaître un Verakin … Ajouta Gorantim regardant son chef, d'un air entendu, en dodelinant légèrement la tête.

- As-tu une estimation de l'importance des forces de protection auxquelles nous pourrions avoir à faire face ? S'informa le commandant, d'un ton professionnel, plus préoccupé par la mission que par les aspects politiques de la nouvelle.

- JE NE DISPOSE PAS DE SUFFISAMMENT DE DONNEES, MAIS J'AI ENVOYE DES DRONES DE SURVEILLANCE SUR SITE ET JE VOUS TRANSMETTRAI LES MISES A JOUR AU COURS DE LA MISSION DE RECUPERATION.

- Parfait. Jilien prend trois hommes avec toi et allez capturer la cible : déplacements individuels, armement standard et pas de glisseurs. Tout en douceur. L'IA couvre l'opération avec les drones de surveillance, nous sommes incognito sur cette planète, nous avons déjà été repérés à plusieurs reprises alors : profil bas. Il ne s'agit pas de rompre la charte des Al-Heoxyrians. Vous connaissez tous la sanction. Ordonna Florilius à l'un des sergents assis autour de la table des opérations.

Tous connaissaient leurs instructions et se mirent aussitôt en mouvement. Jilien était un peu contrarié de ne pouvoir utiliser un glisseur de combat, mais plusieurs de leurs appareils avaient été repérés par les natifs depuis leur installation sur cette planète et il devenait de plus en plus compliqué de se déplacer en plein jour avec des engins volants.

L'officier supérieur était malgré tout inquiet, car il n'avait pas droit à l'erreur dans une opération avec une priorité impériale de niveau aussi élevé. L'IA n'avait fourni aucune donnée sur le niveau de protection autour de la cible, mais s'il s'agissait bien d'un Verakin il bénéficierait certainement de la protection d'anciens gardes d'élite de sa famille, améliorés aux Nanocrytes militaires de niveau six !

Le commandant de la petite base savait que, si c'était le cas, ses hommes ne pourraient pas soutenir la confrontation dans un combat rapproché, mais il ne pouvait malheureusement rien faire de plus. Il ne pouvait pas engager ses glisseurs armés et courir le risque qu'ils soient aperçus par la population autochtone et il ne disposait malheureusement pas de mini drone tactique.

L'équipement de la petite base était limité. La vocation de cette station avancée était essentiellement scientifique et, sur la quarantaine d'occupants, seulement douze étaient des militaires. Les marines impériaux étaient là en mission de protection et d'assistance au cas, bien improbable, où l'un des membres se ferait capturer par des locaux. Le reste de l'équipe était composé de scientifiques de spécialités diverses allant de l'archéologie à la génétique en passant par l'intelligence cybernétique et spatiale. Le groupe était chargé de rechercher d'hypothétiques traces d'une intervention des Al-Heoxyrians, pas de quoi impressionner une force de protection digne de ce nom.

Maintenant que l'opération était engagée et que Gorantim avait ses instructions, Florilius allait pouvoir avertir Golchem de l'intervention en cours. Golchem était le directeur scientifique de la station et patron de toute la base, sauf en cas d'opération militaire.

Florilius n'avait aucune dépendance hiérarchique directe avec lui et il entretenait de bons contacts avec le scientifique. L'officier sourit en imaginant d'avance sa réaction agacée à l'idée que ses hommes puissent être découverts par la population. Cela pourrait les contraindre à quitter la planète et à stopper leurs opérations scientifiques. Dans un premier temps, il allait déjà falloir interrompre les sorties en dehors de la base et les scientifiques allaient certainement protester vigoureusement.

En acceptant ce poste, Florilius savait qu'il aurait un jour ou l'autre à composer avec sa double mission de protéger les membres de la base et d'obéir aux impératifs de sa responsabilité militaire. Il n'avait cependant pas été préparé à ce qu'il allait devoir affronter.

Si la soudaine réapparition d'un Verakin était confirmée, cela risquait de déclencher une guerre entre les familles régnantes qui n'avaient pas digéré la prise du pouvoir par un Seravon. Nul doute, dans ce cas, que l'Empereur fasse tout ce qui soit en son pouvoir pour que le survivant de la famille Verakin disparaisse le plus vite possible. Les jours à venir allaient être tendus dans la base impériale située sur la troisième planète orbitant autour d'un petit soleil jaune du bras d'Orion.

*

Chapitre 2

Un mois plus tôt.

Paul fut réveillé par la voix du journaliste, venant de son radioréveil. La météo s'annonçait fraîche et ensoleillée sur Paris et il pourrait, comme à son habitude, aller au lycée en petites foulées. Ses parents étaient déjà réveillés et il entendait sa mère préparer le petit-déjeuner.

À tout juste dix-huit ans, depuis quelques jours, l'adolescent d'un mètre quatre-vingt-deux était athlétique, mais sans excès. On ne pouvait pas dire qu'il soit un grand sportif, mais l'on voyait que le jeune homme entretenait sa forme. Il avait le visage fin, malgré des traits marqués de type caucasien, le nez aquilin, les cheveux châtain très clair, mais ce qui surprenait, chez le jeune homme, c'était ses yeux d'un bleu cobalt très inhabituel. Paul n'avait d'ailleurs jamais rencontré quelqu'un ayant les yeux de cette couleur et ce n'était pas ses parents adoptifs qui pourraient lui apporter des réponses, car ils ignoraient tout de ses origines.

Paul était en classe de terminale dans un lycée parisien et était un élève plutôt brillant. Il rêvassait tranquillement en pensant à la journée à venir et à sa petite amie Stéphanie pendant que le journaliste de la radio s'attaquait aux nouvelles du jour. Le présentateur s'attardait particulièrement sur la crise économique qui sévissait depuis plusieurs années. Les difficultés sociales s'étaient aggravées dans toute l'Europe et personne, même les plus insouciants, ne pouvait ignorer les conséquences de la crise au quotidien.

Paul sortait avec Stéphanie depuis presque deux ans et ils faisaient un peu figure d'exceptions dans leur groupe d'amis avec leur fidélité. Peut-être un retour à des valeurs de stabilité en cette période trouble ? Le jeune homme fut soudain plus attentif, car le sujet suivant traitait des élections et cela lui rappela que des journalistes devaient venir dans sa classe dans la matinée. Il s'intéressait à la politique depuis son plus jeune âge et l'idée d'un reportage l'excitait, comme la plupart de ses camarades de Terminale. Il en avait discuté avec son amie et l'adolescente regrettait de n'être qu'en 1re et de ne pas pouvoir participer à l'émission.

L'adolescent finit par se décider à se lever et sauta en bas de son lit. Comme d'habitude, il se sentait en pleine forme. Il n'était jamais fatigué le matin et n'avait pratiquement jamais été malade, ce qui ne lassait pas d'étonner Lionel, le vieux médecin de famille qui le suivait depuis seize ans. *C'est quand même pratique de temps à autre d'être souffrant. On peut rester au lit et sécher les cours* pensa l'adolescent sans trop de conviction.

- Paul le petit déjeuné est prêt. Sa mère le hélait et il sentait déjà l'odeur du thé et du pain grillé.

Son père les rejoignit dans la cuisine et la conversation s'engagea sur les élections prochaines. Paul s'intéressait énormément à la manière de gérer un pays et les aspects géostratégiques le passionnaient tout particulièrement.

Le garçon interrompit soudain les diatribes de son père, car il se souvenait d'avoir omis d'informer ses parents sur le tournage de l'émission de télévision dans sa classe.

- Ah, au fait, j'ai oublié de vous en parler hier soir, mais une équipe de France 3 doit venir en classe, aujourd'hui, pour nous interviewer sur la prise de conscience politique des lycéens. Nous devons faire une sorte de table ronde pendant une heure et cela devrait être diffusé ce soir, au journal régional.

Ses parents trouvaient l'initiative enrichissante et ce fut l'occasion, pour son père, de relancer le débat sur les programmes des différents candidats déclarés.

Paul n'attendait pas grand-chose de ce tournage, mais ce pourrait être l'occasion de démontrer que des adolescents se sentaient concernés par l'avenir de leur pays et de la planète.

Paul et sa famille vivaient dans le 11e arrondissement de Paris, un quartier plutôt cosmopolite. Il était fils unique et regrettait parfois de ne pas avoir de frère ou de sœur avec qui partager ses états d'âme d'adolescent. Il se confiait parfois à Stéphanie, car il se sentait très proche de l'adolescente, un an plus jeune que lui. Il échangeait également beaucoup avec son meilleur ami, Alex, rencontré cinq ans auparavant, mais il lui manquait un confident familial et il ne pouvait pas tout raconter à ses parents. Il enviait un peu son amie d'avoir une grande sœur, trois ans plus âgée, car la jeune femme avait ainsi pu partager ses expériences avec elle.

Paul prit sa douche et fit un choix attentif, bien que rapide, dans sa garde-robe. Il possédait un goût exagéré pour le bleu, ce qui ne lassait pas d'étonner ses amis qui se demandaient bien d'où pouvait venir cette lubie. Lorsqu'il s'estima satisfait, il passa rapidement embrasser sa mère, encore dans la cuisine, et parti en courant vers son lycée, distant de deux kilomètres.

Il courait à un rythme soutenu, sans effort apparent, le long du Cours de Vincennes lorsqu'il faillit percuter une femme qui sortait précipitamment de son immeuble, en pleine conversation, l'oreillette vissée à l'oreille et le téléphone portable à la main. Malgré ses réflexes, Paul ne put éviter de lui toucher le bras et elle lâcha son portable sous la surprise. D'un geste souple, Paul rattrapa l'appareil en plein élan et le rendit à sa propriétaire éberluée qui n'avait pas encore totalement intégré la scène.

- Tenez madame, faites attention la prochaine fois lorsque vous sortez brusquement de chez vous en téléphonant, lâcha-t-il d'un air amusé.

- Merci jeune homme. Lâcha la femme, d'un air un peu pincé d'avoir été prise en défaut.

- Bonne journée, fit Paul en reprenant tranquillement sa course, l'esprit tranquille et joyeux de ce petit intermède sans conséquence.

La femme le suivit un instant des yeux puis se reconcentra sur sa conversation.

Paul aimait courir le matin, avant les cours, le long de la contre-allée de la grande avenue et ne prenait le bus que s'il pleuvait abondamment. De temps à autre, il s'arrêtait pour acheter un croissant frais chez le pâtissier, mais ce matin il n'avait pas très faim et le pain grillé lui suffisait. Il salua néanmoins la vendeuse qu'il connaissait depuis presque trois ans. Celle-ci prit la peine de lui rendre son salut, d'un petit geste de la main en lui souriant.

Il arriva à son lycée sans être essoufflé et retrouva ses amis qui passaient déjà le porche de l'entrée. La discussion s'engagea naturellement sur la venue de l'équipe de télévision et se poursuivit jusque dans le couloir menant à leur classe.

Paul appréciait particulièrement ce premier cours du mardi matin, car il excellait en chimie, semblant jouer virtuellement avec les combinaisons atomiques et le tableau de Mendeleïev. Il était donc plutôt content que la télévision ait préféré venir après 10h, cela ferait sauter le cours d'économie qui lui plaisait un peu moins malgré l'insistance de son père pour qu'il s'investisse plus dans cette matière.

Le cours de chimie se déroula sans aucun fait notable et les jeunes gens se retrouvèrent à l'intercours attendant, avec impatience, l'interview télévisée.

La venue de l'équipe de télévision avait occupé toutes les conversations de la veille et mobilisait encore aujourd'hui les discussions des adolescents, malgré les vacances de Pâques toutes proches. Plusieurs élèves discutaient de leurs projets pour les congés, surtout ceux qui avaient planifié de partir.

Paul restait évasif sur ses projets, car il préparait une surprise à Stéphanie et lui avait raconté qu'il devait descendre chez sa tante dans le sud de la France. Il n'aimait pas lui mentir et se le reprochait un peu, mais, dans ce cas précis, c'était pour la bonne cause et il était certain que la jeune fille lui pardonnerait aussitôt lorsqu'elle apprendrait la vérité. Dans leur groupe d'amis, seul Alex, son meilleur ami était informé, du moins c'est ce que Paul pensait.

Stéphanie aurait dix-sept ans dans trois semaines et le garçon était tout excité à l'idée de lui préparer son dernier anniversaire avant sa majorité : dix-huit ans en France. Il avait prévu de passer les vacances au Maroc, seul avec la jeune fille, et comptait lui faire la surprise avec l'assentiment de leurs familles respectives.

Tout avait été organisé avec les parents des deux adolescents afin de réserver leur séjour à Marrakech dans un club de vacances, mais il avait fallu à Paul beaucoup de ténacité pour les convaincre que cet intermède n'aurait pas d'incidence sur les révisions du bac et pour qu'ils acceptent. En tant que majeur il serait en effet responsable d'elle durant tout le séjour à l'étranger.

Stéphanie était une jeune femme moderne d'un mètre soixante-dix-sept. Ses cheveux châtain foncé, ses yeux gris et ses petites fossettes lui donnaient un air gai et pétillant. Elle habitait près de la Place de la Nation, côté douzième arrondissement, et pratiquait assidûment la natation, à la piscine toute proche, ce qui lui avait sculpté une silhouette élancée. Les jeunes gens s'étaient rencontrés au lycée, deux ans auparavant, et avaient rapidement entamé une liaison.

La sonnerie ramena tout le monde à la réalité et les élèves entrèrent dans la salle de cours transformée en plateau de télévision. L'équipe de la chaîne régionale avait profité de la pause pour installer des projecteurs et deux caméras. Le présentateur était déjà sur place, un micro posé sur sa droite, il relisait ses feuillets.

Dès que tous les adolescents furent installés, le délégué de la chaîne les briefa sur le déroulement du tournage. L'objectif était de mettre en relief l'intérêt des jeunes pour la politique et les clivages pouvant exister entre les différentes sensibilités.

Le journaliste commença par interroger les élèves sur leur perception de la crise financière et ses incidences sur les programmes politiques. Comme prévu, plusieurs opinions parfois contradictoires émergèrent et Paul en profita pour animer les interventions de ses camarades, soufflant presque le leadership au journaliste de la chaîne. Le tout se déroula dans une atmosphère assez électrique, car il y avait des clivages idéologiques très marqués et Paul dut souvent intervenir pour calmer le jeu devant des échanges verbaux particulièrement musclés.

Finalement, les deux heures d'interview passèrent très vite et Paul, en tant que délégué de classe, s'était retrouvé souvent en première ligne pour répondre au journaliste. Le producteur de l'émission semblait satisfait et voyant l'heure avancée, proposa de clore le débat.

- Bon, on va en rester là les jeunes. Certains extraits devraient être diffusés dans le journal de 19 h 30, mais une émission complète sera montée et diffusée d'ici trois à quatre semaines.

Le journaliste de la chaîne semblait ravi de cette petite table ronde qui donnerait certainement du poids au programme de prime time.

Le débat se poursuivit à l'interclasse et Paul dut, de nouveau, intervenir pour séparer deux camarades qui étaient prêts à en venir aux mains. Le jeune homme s'approcha avec calme des deux protagonistes leur signifiant d'un air posé, mais ferme qu'il était préférable de s'en tenir là. Les deux élèves savaient que Paul pratiquait les arts martiaux depuis dix ans et ils se calmèrent rapidement, préférant éviter de se ridiculiser encore plus.

L'interview était dans toutes les têtes et les lycéens allaient poursuivre le débat sur les réseaux sociaux.

*

Chapitre 3

À 19h30, sans surprise, la majorité des élèves du Lycée, et plus encore ceux de la classe de Paul, étaient prêts à regarder le journal de la chaîne. Dans le sud-ouest de la France, un téléspectateur attentif monta légèrement le son de sa télévision lorsqu'il découvrit le lieu de reportage du journal de la chaîne régionale et son attitude se figea instantanément à la vue de Paul à l'écran. Même s'il se trouvait dans une autre région, ses centres d'intérêt se situaient en Île-de-France et il suivait assidûment les informations locales.

Sans affolement, malgré le fait qu'il jugea la situation très sérieuse, il appela un correspondant en tête de sa liste d'appels sur son téléphone portable.

L'individu avait l'air passablement contrarié et réfléchissait à toute vitesse aux conséquences potentielles de cette émission télévisée. Un œil non averti lui aurait donné la trentaine bien tassée, un mètre quatre-vingt, un physique corpulent de type militaire. Son visage était bien proportionné et on l'imaginait aisément interpréter un rôle dans une série d'actions américaine sur les Navy Seals, presque un stéréotype. Son interlocuteur répondit dès la première sonnerie, indiquant qu'il attendait un appel.

- Darin, as-tu vu le journal télévisé sur France 3 ? S'enquit le premier.

- Oui Sarian. Je suis tombé dessus par hasard. Le ton de la voix du dénommé Darin dénotait une certaine inquiétude.

- Penses-tu qu'il ait pu être identifié ? Chercha à savoir Sarian, d'un ton signifiant qu'il s'attendait à la réponse.

- Si un programme de recherche est activé, il y a de fortes probabilités qu'il ait pu être reconnu

Le dénommé Darin était plus élancé, moins massif. Légèrement plus jeune, il dégageait néanmoins quelque chose de dangereux et son regard avait un je-ne-sais-quoi qui incite à la prudence. On l'imaginait pratiquer un sport de combat plutôt méchant. Un signal d'appel indiqua qu'un troisième interlocuteur souhaite se joindre à eux.

- C'est Oria, j'accepte l'appel, elle va se joindre à la conversation, précisa aussitôt Sarian.

- Ici Oria. Avez-vous vu le journal de 19h30, sur la 3 ?

- Oui, répondit Darin.

- Affirmatif, compléta Sarian

- Votre avis ? Interrogea la jeune femme.

- Il va falloir resserrer la surveillance, car il y a de fortes probabilités que nos ennemis aient identifié le gamin. Fit Sarian

- Je vous l'avais bien dit : nous aurions dû installer des écoutes chez lui pour prévenir ce genre de situation. Tenu à faire remarquer le dénommé Darin.

Ce point avait fait l'objet de nombreuses discussions entre les différents membres de l'équipe, mais c'était finalement la prudence de Sarian qui l'avait emporté, outre le fait qu'il était le supérieur hiérarchique des deux autres.

- C'eût été prendre le risque que les micros soient détectés en portant l'attention sur lui et d'être repéré par l'équipe adverse, rétorqua Sarian. Nous en avons déjà discuté.

- Oui, c'était un risque que nous n'avons pas voulu prendre, maintenant il faut gérer la situation. Nous ferions peut-être mieux d'agir de manière préventive et de l'extraire ? proposa Darin, plutôt partisan de l'action immédiate.

- Ce n'est pas du tout certain qu'il ait été identifié. Il est juste apparu quelques secondes dans un plan large au milieu d'un journal télévisé. Ce n'est peut-être pas suffisant pour des logiciels de surveillance à partir de données morphologiques. Intervint Oria.

- Eh bien, je ne parierais pas là-dessus. Dans tous les cas, il faut absolument détruire les épreuves de tournage du tournage afin qu'il n'y ait pas d'autres diffusions plus compromettantes, rétorqua Darin.

- Oria, tu peux t'en occuper ? interrogea Sarian

- Oui. Dès cette nuit, j'irai discrètement détruire tout ce que je trouve. Répondit la jeune femme.

- N'utilise pas de technologies sophistiquées, si nos ennemis ont repéré la diffusion ils vont s'attendre à une intervention de notre part et pourraient détecter ton équipement. Répondit Sarian.

- OK, je vais m'équiper comme les locaux, mais je prends quand même de quoi me défendre en cas de souci : lame en Arkrit et pulseur

- D'accord, préviens-nous dès que c'est fait, demanda Sarian

- D'accord. À demain soir. De mon côté, je vais me rapprocher du gamin au cas où, compléta Darin

- Tu as raison, mais fais attention qu'il ne remarque pas ta présence et utilise de la technologie locale. On a déjà eu assez de soucis avec les Autochtones qui deviennent de plus en plus soupçonneux. Bonne chance à vous deux, conclut Sarian.

- Supprimer quelques fichiers informatiques dans une zone faiblement sécurisée ne devrait pas être une mission trop dangereuse. Je vous rappelle cette nuit. S'amusa Oria en raccrochant.

- Ne t'inquiète pas, tout se passera bien. Ajouta Darin avant de couper la communication, l'air très préoccupé.

La jeune femme resta un moment immobile, le téléphone à la main, et semblait, elle aussi, soucieuse. Elle paraissait avoir une petite trentaine d'années, athlétique, un mètre soixante-quinze ou seize, un visage fin et énergique, blonde, aux yeux d'un bleu cobalt qui laissaient perplexes ses interlocuteurs sur ses origines.

Elle ne paraissait pas dangereuse, au premier regard, comme les deux hommes, mais avait le regard décidé des personnes qui ne laissent rien entraver leur destin. La fluidité de ses mouvements, lorsqu'elle avait rangé son téléphone portable, trahissait une longue pratique d'un art martial. Oria vivait également à Paris depuis de nombreuses années à proximité de la Place de la Nation, non loin de chez Paul.

Elle se prépara pour l'opération qui devait l'amener à pénétrer par effraction dans les locaux de la chaîne locale. Entrer ne devrait pas lui poser trop de problèmes, mais retrouver les fichiers du tournage risquait d'être un peu plus ardu. Elle serait peut-être obligée de contraindre un employé de la chaîne à la conduire dans le local des serveurs vidéo. Une complication de plus, car il faudrait ensuite effacer toute trace de son passage.

*

Les trois semaines suivant la diffusion du reportage se déroulèrent sans incident notable dans l'entourage de Paul. Il y eut juste une information de presse relatant une effraction dans les bureaux d'une chaîne régionale et le sabotage de plusieurs serveurs vidéo, détruisant par la même de nombreux rushs dont ceux du tournage dans l'école. L'action n'avait pas été revendiquée et personne ne comprenait les motivations d'un tel acte.

Les élèves avaient très vite oublié cet incident et se concentraient essentiellement sur leurs études en attendant les vacances de Pâques qui arrivaient à grands pas.

Paul avait cependant eu plusieurs fois le sentiment d'être observé, mais il n'avait repéré personne de suspect autour de lui. Une fois, cependant, il avait eu l'impression de reconnaître un homme d'allure sportive lorsqu'il se rendait à ses cours du matin, mais il y avait tellement de gens qui faisaient un footing avant d'aller travailler, qu'il lui fût très difficile d'affirmer que l'individu l'observait ou le suivait. C'était peut-être tout simplement quelqu'un qui avait les mêmes horaires que lui.

Combien de fois avons-nous remarqué les mêmes personnes aux mêmes heures dans des transports en commun, sans pour autant être suivis. L'adolescent essaya d'oublier ses craintes légèrement paranoïaques et il se sentait un peu stupide si bien qu'il n'en parla ni à Stéphanie ni à Alex.

Le dernier jour de cours arriva enfin et la sonnerie du lycée entérina le début des vacances de printemps. Tous les adolescents quittèrent leurs classes dans un désordre apparent, mais tous savaient que le bac se profilait dans moins de quatre mois et ces congés seraient le calme avant la tempête. Nombre d'entre eux n'avaient d'ailleurs pas prévu de partir et comptaient profiter de cette pause pour réviser le programme du début d'année. D'autres, peut-être plus insouciants ou avec une autre stratégie, prévoyaient de recharger leurs batteries avant le round final. Quoi qu'il en soit, tous se souhaitèrent de bonnes vacances, qu'elles soient studieuses ou réparatrices.

Un petit groupe d'amis se maintint néanmoins à l'écart quelques minutes, le temps de se coordonner une dernière fois sur le rendez-vous du soir puis la petite bande se sépara. La majorité des jeunes gens se dirigea vers les transports en commun : métro ou tramway alors que Paul repartait seul à pied en songeant à la surprise qu'il allait faire à Stéphanie. Le garçon avait organisé une fête pour l'anniversaire de son amie et lui avait présenté la soirée comme une simple petite surprise-partie entre copains.

Il rentrait chez lui d'un pas rapide lorsqu'il eut soudain la désagréable impression d'être surveillé. Une sorte de sixième sens avait déclenché un frisson qui se répandait de haut en bas de son échine. Il balaya des yeux l'espace environnant avec attention, mais malgré des coups d'œil réguliers à droite et à gauche, il ne put repérer quoi que ce soit d'inhabituel. Il ressentait néanmoins une sorte de malaise diffus qu'il connaissait bien depuis quelque temps et qui lui avait souvent permis d'anticiper les ennuis.

Ce fut donc avec une angoisse larvée qu'il se pressa de rentrer pour préparer la salle de réception de la résidence qui serait, pour la soirée, transformée en boîte de nuit miniature.

Il s'engouffra rapidement dans le vaste jardin, derrière une vieille dame habitant son immeuble, et la salua rapidement. Il avait déjà disparu derrière le bâtiment lorsqu'elle parvint à bredouiller un *bonsoir jeune homme*.

Après avoir avalé un goûter frugal au domicile de ses parents, Paul récupéra les clés de la salle commune auprès du gardien qui lui répéta une énième fois les règles de bruit régissant la résidence arborée. Paul sourit, car il les connaissait parfaitement, mais savait aussi qu'il serait très difficile de les respecter avec une troupe de jeunes débridés qui allaient danser jusque tard dans la nuit.

Un petit groupe d'amis, parmi les plus proches, le rejoignirent quelques minutes plus tard avec les éléments indispensables à une surprise-partie réussie : matériel hi-fi, luminaires et bien entendu quelques boissons alcoolisées. Tout ce petit monde s'affaira le mieux possible pour transformer la salle en lieu de fête.

Les premiers participants commencèrent à arriver vers 20h30. Paul avait dit à Stéphanie que la soirée commencerait à 21h et presque tout le monde était déjà sur place lorsque la jeune femme arriva pour découvrir tout le groupe entonner avec entrain un « *happy birthday to you* ».

L'ambiance de la soirée était débridée, mais respectueuse. Quelques bouteilles de vodka et de gin circulaient, mais Paul veillait au grain afin qu'il n'y ait pas de débordement. Ses parents résidaient juste en face du jardin intérieur de la résidence et tout problème aurait trouvé une solution rapide et définitive : la fin de la fête.

Vers 22h, Paul lança la séance cadeau. La plupart des jeunes gens s'étaient cotisés pour offrir à Stéphanie un superbe maillot de bain, connaissant tous son sport préféré. Après que les naturelles demandes d'essayage eussent toutes été refusées avec un sourire, par la jeune fille, Paul put lui présenter son cadeau : la semaine à Marrakech.

Sous le coup de l'émotion, elle se jeta littéralement dans les bras de son amant, les larmes aux yeux, déclenchant l'ovation de tous leurs amis. Savoir qu'elle avait, en plus, l'assentiment de ses parents confortait son choix d'adolescente et la rapprochait encore plus du garçon.

De son côté, le jeune homme ressentait de la fierté et de la satisfaction de voir sa compagne, rayonnante, virevolter au milieu de la salle transformée pour l'occasion, en piste de danse.

La soirée se prolongea jusqu'à deux heures du matin sans incident malgré le niveau sonore un peu élevé pour une résidence d'ordinaire plutôt calme. Stéphanie exultait à l'idée de cette semaine à Marrakech et elle réfléchissait déjà à la préparation de ses affaires de voyage.

Paul la raccompagna chez elle, de l'autre côté de la grande place parisienne et, après un long baisé passionné, repartit en petites foulées à son appartement. La sensation de l'après-midi ressurgit soudainement et lui glaça le sang. Un mince filet de sueur coula le long de son dos lorsqu'il entraperçut, de nouveau, l'inconnu. Cette fois-ci, il ne pouvait plus être question de footing à 2h20 du matin.

Il voulut aborder l'homme, mais celui-ci bifurqua en direction de l'avenue de Saint-Mandé, à l'opposé de sa destination. Impossible d'affirmer avec certitude que l'inconnu le suivait, même si la coïncidence apparaissait très improbable.

Paul rentra chez lui en accélérant, un peu perturbé, ne sachant plus que penser de la situation. Il réfléchissait à toute vitesse, mais ne voyait vraiment aucune raison de se sentir en danger et finit par conclure à une coïncidence. Puis le départ le lendemain matin accapara son esprit et il se promit d'y repenser à son retour du Maroc.

*

Chapitre 4

Le radioréveil de Paul se déclencha, mais, bien que n'ayant dormi que quatre heures, l'adolescent ne se sentait pas fatigué. La douche et le petit-déjeuner furent expédiés rapidement et il salua son père et sa mère avant de se rendre chez Stéphanie. Le temps de rassurer, une dernière fois, les parents de celle-ci et de prendre la valise de la jeune fille, ils filaient déjà vers la station de taxis du Cours de Vincennes.

Malgré ce jour de départ en vacances, la circulation vers l'aéroport d'Orly Sud était fluide et dans le véhicule, les adolescents étaient tout excités à l'idée de leurs premières vacances ensemble sans les parents de l'un ou de l'autre. À l'aide de la tablette de Stéphanie, ils passèrent en revue les différentes activités proposées par leur club sur le site internet.

Paul repensa brièvement à l'inconnu du soir précédent, mais son attention fut rapidement accaparée par sa compagne qui découvrait avec ravissement les activités du club de vacances.

Ils avaient prévu suffisamment de marge pour attraper le vol AT749 de la Royal Air Maroc de 12 h 15, car le taxi les déposa à 9h47, ce qui leur laissait largement le temps de flâner dans les magasins détaxés.

Paul avait toujours la curieuse sensation d'être surveillé et le souvenir de l'individu de la veille au soir, associé à la lecture récente d'un roman d'espionnage, n'était peut-être pas étranger à cette légère paranoïa. Néanmoins, il n'avait remarqué personne qui sembla les suivre. *Je dois me faire des idées. Qui pourrait s'intéresser à un étudiant de dix-huit ans et à sa petite amie en partance pour l'Afrique du Nord ?* Pensa-t-il

L'heure de l'embarquement approchait et le couple d'adolescents rejoignit le terminal d'embarquement juste à temps : l'hôtesse commençait l'appel par les numéros de 1 à 30. Ils se préparèrent donc à monter à bord, mais, mû par une subite intuition, l'adolescent se retourna avant d'entrer dans le tunnel d'embarquements et aperçut le visage de l'homme repéré plusieurs fois ces dernières semaines. Cette fois-ci, ce ne pouvait plus être une coïncidence. Il n'en parla pas à son amie afin de ne pas l'effrayer, mais il était inquiet et intrigué à la fois. Le temps de s'installer à bord de l'appareil, la jeune femme qui le connaissait bien s'aperçut que quelque chose n'allait pas.

- Que ce passe-t-il ? Je te trouve bizarre depuis que nous avons embarqué ? l'interrogea-t-elle.

- C'est l'excitation du voyage. C'est la première fois que nous partons tous les deux à l'étranger, et n'oublie pas que je suis responsable de toi. Lui répondit-il en déposant un baiser sur ses lèvres. Décidément, ce voyage aura été l'occasion de lui mentir, songea-t-il.

Il tenta d'oublier l'inconnu en se focalisant avec sa compagne sur le programme de la quinzaine : piscine, visite de la médina, promenade à cheval et quad faisaient partie des projets envisagés. La jeune femme ne tarda pas à s'endormir sur son épaule, fatiguée par la courte nuit de sommeil pendant que Paul cherchait à vérifier si l'homme était à bord, mais, malgré ses efforts, il ne parvint pas à le repérer.

Deux heures trente, plus tard, l'Airbus A321 se posait à l'aéroport de Marrakech. L'avion était plein et le passage en douane fut un peu fastidieux. L'inconnu semblait s'être volatilisé et Paul finit par penser qu'il n'avait pas embarqué dans le vol de la RAM. Après avoir récupéré leurs bagages, les deux jeunes gens se dirigèrent vers le bus affrété par leur club où ils retrouvèrent d'autres vacanciers. Ils durent encore patienter de nombreuses minutes que tous les résidents soient montés à bord pour que celui-ci les conduise à la palmeraie de Marrakech.

Les formalités d'arrivées furent rapidement expédiées et les deux adolescents purent prendre enfin possession de leur chambre. À peine installée, Stéphanie voulut aller se baigner et ils allèrent nager et batifoler amoureusement dans la grande piscine.

Paul restait encore préoccupé par la présence de l'homme aperçu à l'aéroport. Il ne l'avait pas vu pénétrer dans l'avion, mais sa présence dans le tunnel d'embarquement ne laissait que peu de doute sur sa destination. Il réussit cependant à se détendre en évacuant ce souci de son esprit. Il eut pourtant été inspiré de scruter plus attentivement son environnement, car l'homme logeait, lui aussi, dans le même hôtel club qu'eux et les surveillait discrètement à distance.

- *Stéphanie, si nous allions découvrir les activités pour demain ?* proposa Paul, qui commençait à se lasser de bronzer et de multiplier les allers-retours dans la piscine.

- Bonne idée. Je ferai bien une promenade à cheval demain matin avant qu'il ne fasse trop chaud.

Ils se rendirent au bureau des activités et s'inscrivirent à une promenade pour le lendemain, de 9h à midi. Pendant tout le trajet jusqu'à l'accueil, Paul n'avait pu se départir d'un sentiment de danger. Il ressentait cette impression trop souvent ces derniers temps, mais ne souhaita pas se confier à son amie, de crainte de l'effrayer.

- Il est déjà 19h ! Allons nous changer pour le dîner. Proposa la jeune fille qui, en adolescente coquette, voulait se faire belle pour son amant.

Après un dîner sans surprises, servi autour d'un large buffet, les deux jeunes gens dégustèrent un thé à la menthe au bar de la piscine.

- Tu veux aller faire un tour à la discothèque ? L'interrogea le garçon.

- On peut y passer un moment, mais pas trop longtemps, car nous montons à cheval demain matin tôt, répondit sa compagne, le sourire aux lèvres.

La discothèque était un peu à l'écart afin que le bruit ne dérange pas les clients du club de vacances. Il n'y avait pas foule pour ce premier soir et il semblait évident que la majorité des nouveaux arrivants aient préféré se coucher tôt. Paul et Stéphanie décidèrent donc de rentrer dans leur chambre et la jeune femme passa sa main sensuellement sur son amant, signifiant sans ambiguïté qu'elle avait à l'esprit un programme plus personnel que celui proposé par le village.

En repassant près du bar de la piscine, Paul eut un nouveau choc en croyant reconnaître une autre personne en train de boire un café.

Comme avec l'inconnu de l'aéroport, et malgré son excellente mémoire, il ne se souvenait pas précisément où il aurait pu voir cet homme. Mais cette fois-ci, il en était sûr, il l'avait également croisé dans les dernières semaines et, assurément, plusieurs fois. Un frisson lui hérissa l'échine en s'éloignant du bar. L'inconnu ne lui avait pourtant pas accordé la moindre attention.

- Stéphanie, aurais-tu déjà aperçu cet homme avec la chemisette bleu clair au bar ? demanda-t-il en commençant à s'interroger sérieusement.

- Non jamais. Pourquoi ? Tu penses le connaître ? lui répondit la jeune fille après s'être retournée discrètement.

- Non, mais je crois l'avoir déjà vu. Depuis quelque temps, j'ai l'impression d'être suivi, avoua le garçon.

- Tu deviens paranoïaque, ma parole rit-elle. Mais c'est que tu as l'air sérieux ? continua-t-elle, soudain alertée par l'air soucieux de son compagnon.

- Ce doit être la fatigue du voyage, ne t'inquiète pas, lui répondit
  le jeune homme préoccupé, se retournant une dernière fois pour
  observer l'inconnu.

Le trajet jusqu'à leur chambre se fit en silence, car Paul était
perturbé par la sensation de danger toujours omniprésente. Ce fut
Stéphanie qui se chargea de lui faire oublier ses inquiétudes, du
moins temporairement.

Après une joute amoureuse passionnée, la jeune fille s'endormit
rapidement, mais l'adolescent resta éveillé un long moment en
cherchant à se souvenir où il aurait bien pu voir l'homme du bar.
Le sommeil eut cependant raison de ses craintes et la nuit se
déroula sans incident.

*

Le soleil était levé depuis longtemps et, lorsqu'il ouvrit l'œil, il était
déjà presque 8h.

- Ma puce, il est l'heure de se préparer si tu veux avoir le temps de
  prendre ton petit-déjeuner, fit-il, en déposant un baiser dans le
  cou de sa compagne.

Si le jeune homme était frais et dispos, comme à son habitude, la
jeune fille mit un peu plus de temps à émerger.

- Est-il possible de se faire servir le petit-déjeuner dans la
  chambre ? s'enquit l'adolescente en lui rendant son baiser.

- Je ne crois pas. C'est un hôtel-club : il faut aller au buffet.

- Prenons notre douche ensemble, nous serons prêts plus
  rapidement, proposa malicieusement Stéphanie.

Ce n'était pas vraiment le meilleur moyen de gagner du temps,
mais, assurément, le projet avait l'assentiment du jeune homme.

Le petit-déjeuner au buffet fut une formalité vite expédiée, car
l'heure avançait. Il ne leur restait que dix minutes pour finir de se

préparer et se rendre à l'accueil pour attraper le minibus qui les emmènerait au club d'équitation.

Dans la navette, il y avait déjà cinq personnes : deux couples et une femme seule. Celle-ci attira immédiatement l'attention de Paul : elle avait quelque chose de curieux et de fascinant dans le regard. Paul mit un moment à comprendre ce qui l'avait attiré chez elle : ses yeux ! Ils étaient exactement de la même couleur que les siens ! Un bleu cobalt intense légèrement teinté de gris. Une couleur rarissime qui faisait, en grande partie, l'attirance du garçon et qui lui avait valu un surnom de bourreau des cœurs malgré sa fidélité à Stéphanie.

- Paul regarde cette femme, elle a les yeux de la même couleur que toi ! s'exclama la jeune fille.

- Oui, j'ai remarqué, c'est la première fois que je rencontre quelqu'un qui a les yeux de cette couleur.

- Ne la dévisage pas comme cela, c'est impoli pour elle comme pour moi ! fit-elle.

- Excuse-moi, mais c'est tellement troublant. Le jeune homme détourna à regret les yeux de l'inconnue.

J'aurai bien l'occasion de lui parler et d'en apprendre plus sur elle, si elle réside dans notre club, pensa-t-il.

Le trajet jusqu'au centre équestre fut rapide et leur donna l'occasion de découvrir l'étendue de la Palmeraie. Paul n'eut plus l'occasion de croiser le regard de l'inconnue, mais son esprit restait focalisé sur la couleur de ses yeux. Qui était cette femme ?

Arrivé au centre équestre, un accompagnateur les guida près des chevaux et leur attention se focalisa sur les montures et les équipements.

Les deux adolescents montaient assez souvent à cheval, car les parents de Paul possédaient deux chevaux andalous appelés également Pure Race Espagnole. Ils possédaient ces chevaux depuis dix ans et les montaient régulièrement le week-end.

L'inconnue de la navette les avait suivis et demanda une monture calme. *Je ne monte pas très bien,* précisa-t-elle. Le son de sa voix troubla Paul presque autant que la couleur de ses yeux. Elle avait un accent indéfinissable qu'il ne parvint pas à identifier bien qu'il parle déjà couramment quatre langues et ait de bonnes notions de plusieurs autres.

Aussitôt équipé, le groupe prit la direction du sud-est vers le Moyen Atlas. Le guide avait naturellement pris la tête et avait demandé à la jeune femme débutante de se placer derrière lui. Paul se retrouvait en sixième position derrière Stéphanie et un couple d'âge mûr. D'où vient-elle ? pensa-t-il. Il semblait fasciné par cette jeune femme sans en comprendre la raison. Une obsession inconsciente comparable à la crainte ressentie la veille en passant devant le bar. Mes sens me jouent des tours ces temps-ci. Allons ! Ressaisis-toi, songea-t-il.

La promenade se déroula sans incident, mais Paul, à son grand dam, n'eut aucune occasion de se rapprocher suffisamment de l'inconnue pour lui parler.

Le petit groupe se dirigeait vers la navette et il s'interrogeait toujours sur le moyen de l'aborder sans froisser son amie ni paraître impoli, lorsque l'un des couples lui offrit une solution sur un plateau en leur faisant une proposition :

- Nous fêtons nos vingt ans de mariage avec ma femme et souhaiterions vous inviter à l'apéritif ce soir

Le second couple répondit positivement et l'inconnue confirma également sa présence avec sa voix à l'accent étrange.

- Nous viendrons avec plaisir, accepta Paul un peu précipitamment sous le regard légèrement courroucé de son amie, qu'il n'avait pas consultée, préalablement.

- Et bien, c'est parfait, précisa le couple. On se retrouve tous au bar à 19h30 ? Tout le monde acquiesça et monta dans le bus.

Les conversations privées reprirent après un bref échange sur la promenade et les comparaisons sur les chevaux et les équipements sans que Paul ait pu parler avec l'inconnue qui s'était allongée sur deux sièges au fond du minibus. Du coin de l'œil, Paul aperçut qu'elle tenait un téléphone mobile et semblait en pleine conversation. Malgré toutes ses tentatives, il ne put rien entendre et ce fut Stéphanie qui interrompit sa concentration.

- Tu ne voulais pas faire un massage à 19h ? lui demanda-t-elle.

- Si, mais nous irons demain. Cet apéritif est l'occasion de faire connaissance avec d'autres personnes du club, rétorqua Paul, l'air distrait.

- Oui et pour échanger sur la couleur des yeux …, glissa son amie, d'un air polisson.

- C'est vrai que je suis intrigué et je voudrais bien en savoir plus sur cette femme, répondit-il, un peu sur la défensive.

- Plus jusqu'à quel point ? ironisa la jeune fille avec un sourire ingénu, accentué par ses fossettes.

- Mais non, c'est juste que je me demande bien d'où elle peut venir, je n'ai jamais entendu quelqu'un parler avec un tel accent, fit Paul faussement offusqué.

- Tu n'as pas visité le monde entier non plus…, argumenta Stéphanie ironiquement.

- C'est vrai, mais tu sais que je passe beaucoup de temps devant les chaînes étrangères même si je ne comprends pas tout.

- Après tout, ce n'est que pour l'apéritif et ils ont l'air sympa, ces gens. Conclut l'adolescente avec une moue faussement boudeuse.

Le sujet fut vite épuisé, mais Paul restait obnubilé par l'inconnue et il était impatient d'être à l'heure de l'apéritif.

Après quelques minutes de trajet, la navette déposa tout le groupe à l'entrée du club de vacances et les deux jeunes gens prirent la direction de leur chambre pour se changer et faire quelques longueurs de piscine avant le déjeuner.

- Ils étaient endurants, ces petits chevaux. Lui fit remarquer Stéphanie, en ouvrant la porte de la chambre.

- Quoi ? Ah oui, répondit Paul, le regard dans le vague.

- Tu penses encore à cette femme ? lui demanda-t-elle.

- Non, j'ai juste un peu faim, lui mentit le garçon.

Le temps d'enfiler un maillot de bain et le jeune couple était en train d'enchaîner les longueurs. Enfin surtout Paul, car il semblait à peine fatigué après ces trois heures d'équitation et il venait déjà de parcourir presque deux cents mètres en crawl. La jeune fille s'était installée sur une chaise longue et admirait son amant qui nageait sans effort. Stéphanie pratiquait pourtant la natation, mais ne parvenait pas à le suivre en endurance.

La faim eut raison de la baignade et l'adolescent sortit prestement de l'eau, sans paraître essoufflé. La nage lui avait un peu vidé l'esprit, mais la curiosité envers la jeune femme revint en même temps qu'il s'allongeait sur un transat pour se sécher.

- Tu donnerais des complexes à n'importe qui, tu ne sembles jamais fatigué, lui fit remarquer Stéphanie, qui s'entraînait pourtant depuis plusieurs années.

- Détrompe-toi, j'ai un peu mal dans les bras, mais cela passera très vite. Allons manger. Je meurs de faim, proposa-t-il.

- Tu crois qu'elle est venue seule ? répondit-elle, les yeux dans le vague.

- Qui ? S'enquit-il intrigué par l'intérêt de la jeune femme

- Allons, ne fais pas l'innocent. L'inconnue aux yeux bleus, voyons. Stéphanie avait envie de taquiner un peu son amant et l'occasion était trop belle pour la laisser passer. Une manière également de se rassurer sur son attachement envers elle peut-être ?

- Je n'en sais rien, mais une jolie femme comme elle ne doit pas être seule. Paul fut rapidement sur la défensive, car il ne comprenait pas bien la motivation de son amie à aborder ce sujet.

L'attitude de son amant et ses paroles hésitantes confortaient l'adolescente dans son jeu et elle prenait un malin plaisir à prolonger cette provocation.

- Tu la trouves jolie ? ajouta-t-elle.

- Ah ! Voilà le fond de la question. Sourit-il, croyant avoir décelé de la jalousie.

- Tu n'as pas répondu, insista la jeune fille, l'air mi-figue mi-raisin.

- Je lui trouve beaucoup de charisme pour une personne de son âge. Elle dégage surtout une sorte d'autorité naturelle plutôt étonnante pour une jeune femme, peut être liée à son regard… tenta Paul, ne sachant plus trop comment changer de conversation.

- C'est de l'autosatisfaction, ajouta malicieusement l'adolescente, en dodelinant de la tête.

- Steph ne commence pas. Cette femme m'intrigue, rien de plus. Elle doit avoir pas loin de trente ans et ne s'intéresse certainement pas à moi. Par ailleurs, je songe qu'elle pourrait avoir un lien avec mes parents biologiques. Paul avait enfin avoué consciemment ce qui semblait l'attirer chez l'inconnue.

Stéphanie fut totalement prise au dépourvu par sa réponse, car elle n'avait pas du tout imaginé cette hypothèse, malgré la similitude de ce signe distinctif.

- Ce serait un hasard incroyable, mais je n'y avais pas pensé, répondit-elle, à la fois songeuse et déçue de ne pas pouvoir prolonger son petit jeu.

Paul avait été adopté à l'âge estimatif de douze mois et personne n'avait pu retrouver ses origines. Le bébé avait été déposé devant l'hôpital Saint-Antoine à Paris et malgré des recherches minutieuses, il n'avait pas été possible d'identifier de membres de sa famille ni de savoir comment il avait pu arriver là.

Les services sociaux l'avaient pris en charge et une procédure d'adoption avait abouti à l'arrivée de Paul dans la famille Delavigne. Dans l'entourage du jeune homme, Stéphanie était la seule à être informée, même ses plus proches amis et les parents de la jeune fille l'ignoraient.

Le jeune homme n'avait jamais cherché particulièrement à connaître ses origines, mais la simple couleur des yeux d'une inconnue venait soudain d'éveiller un sentiment de manque, enfoui profondément dans son esprit.

L'idée que l'inconnue puisse être de sa famille hantait Paul depuis qu'il avait vu la couleur de ses yeux. *Comment aborder ce sujet avec elle sans être ridicule, elle ne doit pas du tout s'intéresser à moi,* songea-t-il

Le garçon se trompait totalement, car l'inconnue le surveillait étroitement. Elle était d'ailleurs, au même instant, en communication avec quelqu'un qui prenait de ses nouvelles.

- Contact établi facilement. Je devrais pouvoir lui parler dès ce soir sans éveiller ses soupçons, affirma la jeune femme aux yeux bleus.

- Parfait, Oria. Ne le lâchez pas. À vous trois, vous pourrez vous relayer pour le surveiller.

- Il va falloir être discret Sarian, je crains que Darin n'ait été repéré à l'aéroport d'Orly. Lui annonça la jeune femme.

- Qu'est-ce qui te fait dire ça ? répondit son interlocuteur, soudain alerté.

- Je l'ai observé dans le hall de l'aéroport et tout indique qu'il a été intrigué par Darin. Il l'a peut-être déjà aperçu à Paris et l'aura reconnu. Le retrouver à l'hôtel pourrait l'inquiéter et produire l'effet inverse à celui désiré.

- Tu aurais dû le signaler plus tôt, j'aurais envoyé Telius pour le relever. Regretta Sarian, légèrement contrarié.

- Ce n'est pas très important tant que nous restons en observation. Ce serait plus gênant si nous devons l'extraire en urgence. De toute façon, nous n'avons pas le choix, il vaut mieux que notre équipe d'intervention soit au complet en cas de complications, rétorqua Oria, tentant de minorer le problème.

- De toute manière, je ne crois pas que nous risquions grand-chose, à court terme. Il n'y a visiblement pas eu assez d'images diffusées pour éveiller l'attention de nos ennemis sinon ils auraient déjà réagi. Affirma l'homme sans y croire totalement.

- Tu as probablement raison, mais restons quand même sur nos gardes Oria gardait un œil sur Paul craignant une mauvaise surprise, car elle avait perçu dans le ton de Sarian que celui-ci semblait craindre des complications.

Et pour corroborer ses soupçons, celui-ci ajouta :

- Rassure-toi, j'ai préparé un plan d'extraction par précaution, rappelle-moi après la prise de contact. À ce soir.

- OK à ce soir Sarian.

La jeune femme coupa la communication et alla tranquillement s'installer à une table, au restaurant de la piscine non loin des deux jeunes gens. Sa position, à l'écart, lui permettait de les surveiller sans en avoir l'air et ils ne remarquèrent d'ailleurs pas sa présence.

Le restaurant bordait la piscine en forme de pyramide tronquée, coupée à sa base par une avancée comportant une fontaine jaillissante. De l'autre côté du bassin, de nombreux transats étaient disposés sur une plage artificielle donnant sur un vaste jardin arboré planté de palmiers. Darin et un autre homme s'y étaient installés et pouvaient couvrir du regard la totalité du restaurant.

Totalement inconscients du manège qui se jouait autour d'eux, Stéphanie et Paul déjeunaient tranquillement en marchandant le programme de l'après-midi. La jeune femme négociait pour faire une visite du souk alors que Paul argumentait pour une balade en quad.

- Je suis un peu fatiguée pour faire du quad, mais j'aimerais bien visiter le marché aux bijoux, minauda la jeune femme avec un regard enjôleur.

- Ah! c'est donc une question vitale, sourit le jeune homme, pas dupe, une seconde, de l'objectif de son amie.

- C'est le cas, il me faut une bague en argent ! argua, charmeuse, Stéphanie.

- Allons pour le souk alors, mais après 15h, que la chaleur soit plus supportable. Avant, je souhaiterais lire un peu au bord de la piscine, parvint à lui opposer l'adolescent.

- OK, cela me fera du bien de me reposer aussi avant d'arpenter la médina et demain on fera une promenade en quad, d'accord ? ajouta-t-elle.

- Matin ou après-midi ? proposa le garçon, vaincu.

- Décide, j'obéis, répondit Stéphanie, magnanime, avec un sourire.

- Matin, alors, choisit Paul, qui songeait qu'il serait plus agréable de se garder l'après-midi au bord de la piscine.

- Deal, conclut-elle en déposant un baiser furtif sur les lèvres de son amant.

Le déjeuner terminé, les adolescents s'installèrent sur des chaises longues de l'autre côté de la piscine. Oria n'avait pas bougé, car les jeunes gens étaient restés dans son champ de vision, mais ses deux amis avaient discrètement migré vers le bar jouxtant le restaurant, en contournant la piscine par le sens opposé. Ils avaient pris soin de ne pas être repérés par Paul, qui semblait avoir oublié temporairement ses angoisses de la veille. L'adolescent refit quelques longueurs en crawl et après s'être séché proposa à sa compagne d'aller se changer pour se rendre dans le centre de Marrakech.

Un minibus faisait régulièrement la navette entre le club de la palmeraie et la place Jemâa el Fna, porte d'entrée de la médina légendaire de la ville touristique marocaine. De nombreux membres du club attendaient déjà dans le minibus et les adolescents ne purent s'asseoir côte à côte. Paul se retrouva installé à côté d'une octogénaire qui accompagnait son fils et sa belle-fille pour une semaine de vacances. Il eut le droit à l'histoire de la vieille dame pendant tout le trajet, sous le regard amusé de Stéphanie qui observait le manège. Cet intermède permit au moins à Paul d'oublier ses craintes, car il n'eut pas une minute pour vérifier s'ils étaient suivis. Il dut encore patienter que la vieille dame descende du bus pour, enfin, retrouver son amie qui pouffait ouvertement devant sa mine déconfite. Il avait à peine eu le temps d'apercevoir la Koutoubia sur la droite en arrivant.

Le bus les avait déposés au terminus Arset El Bilk juste en face de la célèbre place.

- Elle était charmante, mais je croyais ne jamais pouvoir l'arrêter. Elle m'a raconté son histoire depuis son enfance pendant la guerre de 1940, lâcha Paul, soulagé d'être arrivé.

- Je m'en doutais à la voir te parler sans interruption, tu semblais dépassé par la situation, s'amusait la jeune femme.

- Eh bien! espérons que je ne l'aurai pas, de nouveau, au retour, soupira-t-il. Bien, allons-y. Je crois que l'entrée est par là, ajouta-t-il en se dirigeant au nord-ouest de la grande place.

Les deux adolescents découvraient le lieu pour la première fois et étaient fascinés par la foule bigarrée. On y trouvait des marchands de fruits secs, de sandwich, des amuseurs de rues, des charmeurs de serpents, etc. Stéphanie se mit soudain à crier lorsque l'un d'entre eux déposa délicatement un jeune boa sur son épaule. Le contact froid du reptile la fit frissonner sous le regard amusé de son compagnon qui prenait sa revanche sur l'épisode du bus.

Après s'être frayé un chemin dans cette ambiance colorée, les deux jeunes gens entrèrent enfin dans le souk sans remarquer que deux hommes les suivaient à bonne distance, séparés chacun de quelques mètres. Ils échangeaient régulièrement des mots brefs à travers leurs oreillettes, ou ce qui semblait être des oreillettes de téléphones portables. Ils étaient descendus d'un taxi quelques secondes après l'arrivée des adolescents sur la place Jemaâ el-Fna et ne les perdaient pas de vue.

Cette fois-ci, Paul ne ressentit aucune sensation de danger bien que les deux hommes se soient rapprochés afin de ne pas les perdre dans le dédale de ruelles du souk marocain.

C'est donc sans appréhension que les deux adolescents continuèrent leur promenade après avoir demandé plusieurs fois leur chemin et éconduit de nombreux guides qui se proposaient de les piloter dans la médina. Le souk de Marrakech était divisé en plusieurs secteurs qui regroupaient chacun les artisans de différentes natures : cuirs, bijoux, vêtements, etc., et il n'était pas toujours facile de s'y repérer la première fois.

Les parents de Paul, qui connaissaient bien la ville, les avaient avertis d'éviter de se faire accompagner par un guide. Ceux-ci proposaient leurs services gracieusement, mais les orientaient vers les boutiques où ils touchaient un pourcentage sur les ventes. Cela augmentait d'autant le prix des objets achetés et leur laissait moins de latitude pour marchander. De plus, les adolescents souhaitaient se promener au gré de leurs envies sans, spécialement, être guidés.

À force de ténacité, Paul et Stéphanie se retrouvèrent enfin dans le quartier des bijoutiers. La jeune fille voulait un bijou en argent pour marquer le souvenir de ce voyage avec son amant et le garçon n'était que trop heureux de pouvoir, dans la mesure de ses moyens, lui offrir un cadeau si personnel. Ce fut donc le début d'un long périple de boutique en boutique …

- Paul regarde cette bague.

- Un peu grossière à mon goût. Tu devrais essayer quelque chose de plus élégant, car, sortit du contexte, il faut imaginer la porter à Paris.

- Tu as raison, celle-ci est plus fine. Répondit l'adolescente

- Celle-là aussi est jolie, tu ne trouves pas ? lui proposa-t-il en désignant un modèle plus ouvragé.

La sélection prit plus de temps que prévu et, après avoir visité huit échoppes, la jeune fille n'avait toujours pas arrêté son choix.

Heureusement pour le garçon, la neuvième boutique renfermait enfin une bague qui convenait à Stéphanie. Restait à trouver le diamètre adapté à son doigt. Le commerçant n'en avait pas en stock, mais ce ne fut pas un problème, car il envoya immédiatement son fils en chercher une, de la bonne taille, chez le fabricant tout proche et la jeune fille se vit offrir le bijou tant désiré.

Maintenant que la bague tant désirée avait été enfin dénichée, le jeune couple continua à déambuler pendant plus d'une heure dans le souk, achetant quelques objets en cuir, une écharpe en coton et une veste en peau pour Paul. Durant leurs pérégrinations, les deux hommes qui les suivaient ne les avaient pas quittés des yeux, attentifs au moindre détail de leur environnement.

- Nous avons bien fait de mettre une résille Kries. J'ai la nette impression qu'il ne nous a pas repérés aujourd'hui. Oria avait raison, ses facultés s'éveillent. Fit l'un d'eux.

- Plutôt précoce ! Mais il fallait s'en douter. Il est issu d'une famille de psykans très puissante. Répondit le second.

Stéphanie et Paul revenaient presque naturellement vers l'entrée de la médina quand l'adolescent risqua un œil sur sa montre et découvrit que le temps avait passé très vite dans cette ambiance animée. La nuit tombait doucement et la médina se modifiait au gré de la luminosité déclinante.

- Il faudrait revenir à la place Jemâa el-Fna sinon nous allons rater la navette de 18h30, fit-il remarquer à sa compagne.

- Tu as raison. Répondit-elle en regardant, elle aussi, sa montre. Je passerai bien encore du temps à chiner. J'ai une boulimie d'achat et j'aime vraiment ces couleurs, ces odeurs, cette ambiance. Compléta la jeune fille en soupirant d'un air repu de sensations.

- Moi aussi je me plais bien ici. On reviendra demain ou après-demain si tu veux ? proposa-t-il d'un air conciliant.

La place s'était illuminée et les deux jeunes gens zigzaguèrent entre les échoppes des restaurants qui commençaient à déployer les bancs et les tables pour les clients du soir. Ils atteignirent sans encombre le point d'arrêt d'Arset El Bilk, les sens saturés d'odeurs et de couleurs. La navette du club était déjà arrivée, mais cette fois-ci ils purent s'asseoir côte à côte. Paul avait évité la vieille dame qui jeta son dévolu sur une autre victime.

Le chauffeur du bus patienta encore une dizaine de minutes, que tous les inscrits pour la navette soient à bord, puis s'engagea résolument dans l'avenue Mohamed V. Le minibus bifurqua, ensuite, à gauche sur la Place du 16 Novembre, prit l'avenue Hassan II puis l'avenue du 11 janvier en direction de la Palmeraie toute proche.

Le minibus les déposa quelques minutes plus tard à l'entrée du site de vacances. Le temps de traverser une partie de leur club, ils furent de retour à leur chambre vers 19h10.

Ni l'un ni l'autre n'avait remarqué le taxi qui les avait suivis depuis la médina et qui avait déposé deux hommes devant le club, quelques secondes après l'arrêt de leur minibus.

- Je prends une douche rapidement et on va retrouver les gens du cheval ? proposa la jeune fille, le regard coquin.

- Fais vite, car je voudrais en prendre une également avant de me changer et, cette fois-ci, on se douche séparément sinon nous allons vraiment être en retard, rétorqua Paul, en souriant, l'air épanoui, en se laissant tomber sur le lit, sur le dos, les bras en croix.

L'adolescente rit gaiement et se hâta vers la salle de bain. Le garçon en profita pour appeler ses parents à partir de son téléphone cellulaire et leur résuma la journée. Les Delavigne étaient rassurés et satisfaits de savoir leur fils unique, heureux de son séjour avec son amie et Paul pouvait percevoir la fierté et leur joie au téléphone.

Stéphanie sortit de la salle de bain alors que l'adolescent finissait sa conversation. La jeune fille prit la relève pour appeler ses parents à son tour pendant que le garçon prenait possession de la douche.

*

Chapitre 5

Le jeune couple était un peu en retard, mais ils n'étaient pas les derniers.

- Bonsoir ! les jeunes, les accueillit le mari qui fêtait son vingtième anniversaire de mariage. Nous avons commandé du champagne rosé, cela vous convient-il ?

- Vous êtes tombé pile dans nos goûts, répondit Paul. C'est notre préféré avec Stéphanie.

Le troisième couple arriva et la conversation s'engagea rapidement sur la matinée à cheval puis de fils en aiguilles sur les activités à faire à Marrakech: la médina, la Menara, la Koutoubia, les jardins de Majorelle et tous les palais à visiter, etc. Paul n'y tenait plus : comment questionner la jeune femme blonde sans paraître incorrect ni contrarier Stéphanie ? se ressassait-il. À court d'idées, il se décida enfin.

- Comment vous appelez-vous ? demanda-t-il abruptement à la femme aux yeux bleus cobalt.

- Je m'appelle Oria, lui répondit-elle avec un sourire franc et ouvert, signifiant qu'elle ne prenait pas ombrage du côté direct de sa question.

- C'est un prénom original, d'où provient-il ? Questionna l'une des femmes de la table qui avait tout entendu.

- Je n'en sais rien, mes parents ne me l'ont jamais dit, ils sont morts dans un accident de voiture lorsque j'avais quatre ans, répondit la jeune femme d'un ton désinvolte.

- Oh! Pardon de vous avoir remémoré ce moment pénible. S'excusa la femme brune d'un air embarrassé.

- Non, ne vous excusez pas. Il y a prescription. Je me suis construite depuis le temps. Fit-elle avec un revers de main.

- Si ce n'est pas indiscret, dans quel pays avez-vous grandi? Vous avez un accent que je n'ai pas pu identifier. Continua Paul, toujours très curieux sur les origines de la jeune femme aux yeux bleus.

- C'est très indiscret jeune homme, répondit Oria en riant. J'ai passé mon enfance dans une petite bourgade en Australie avant d'aller étudier à Melbourne.

- Vous parlez très bien français, vous l'avez étudié en Australie ? insista l'adolescent.

- Oui, mais je l'ai perfectionné depuis que je suis en France. Mais cessons de parler de moi, que faites-vous dans la vie ? Vous devez être encore étudiants, je présume.

Le jeune homme était frustré de ne pouvoir lui poser plus de questions, mais elle avait clairement indiqué, en retournant la conversation, qu'elle ne souhaitait pas se dévoiler plus avant. Les participants à l'apéritif-anniversaire racontèrent tous une partie de leur histoire et ce qui les avait amenés au Maroc. Finalement, rien de bien extraordinaire, mais Oria avait, de nouveau, réussi à éluder le sujet et Paul n'avait pas beaucoup progressé.

En définitive, après plus d'une heure passée ensemble et trois bouteilles de champagne, Paul était un peu enivré, mais ne savait toujours rien de plus sur la jeune femme. Il brûlait pourtant d'envie d'en connaître davantage sur ses origines, mais la présence de Stéphanie avec son regard impérieux l'avait dissuadé plusieurs fois de l'interroger plus directement. Cependant cette fois-ci il ne tint plus.

- Dites-moi Oria. J'ai remarqué que nous avions la même couleur d'yeux, ce qui est assez original. Vos parents, ou quelqu'un de votre famille, les avaient-ils également de cette teinte ? demanda-t-il d'un ton qu'il aurait voulu neutre, mais qui trahissait une profonde curiosité.

- Paul, tu poses des questions indiscrètes, intervint Stéphanie.

- Mais non. Laissez mademoiselle. Je comprends sa curiosité, je me suis également posé la même question, car il est vrai que cette couleur est inhabituelle. Pour vous répondre : non. Je ne me souviens pas que mes parents aient eu, l'un ou l'autre, cette couleur d'yeux et ma famille est très réduite. Mais vous ? Vos parents ? retourna-t-elle.

- C'est un peu particulier pour moi, je ne connais pas mes parents biologiques. Avoua Paul, devant l'étonnement de Stéphanie qui ne l'avait jamais vu se dévoiler ainsi.

- Oh, je ne voulais pas vous mettre dans l'embarras, s'excusa la femme blonde.

- Non. Ce n'est rien. Et puis c'est moi qui ai abordé le sujet en premier…continua l'adolescent laissant sous-entendre qu'il attendait plus de précision de sa part.

- Si vous voulez, nous pouvons dîner à la même table, je suis venue seule et je ne connais personne à part ce petit groupe. Suggéra la jeune femme qui changea habilement de sujet tout en offrant à Paul la possibilité de reprendre la conversation de façon plus confidentielle.

- Et les autres ? demanda-t-il à voix basse, ravi de l'occasion.

Oria lui répondit près de l'oreille, juste assez fort pour que Stéphanie entende : *ils sont sympas, mais c'est la génération précédente non ?*

Les deux adolescents sourirent. *C'est vrai, mais ils nous ont offert l'apéritif,* releva l'adolescente.

- Bon, posons-leur la question dans ce cas. Proposa Oria

- S'il vous plaît ? Vous comptez aller dîner ? demanda immédiatement Paul aux deux couples.

En fin de compte, l'un d'eux avait réservé une table dans l'un des restaurants à thème du club et proposa à tout le monde de les accompagner.

Paul déclina poliment de même qu'Oria, mais le second couple accepta.

- Eh bien bonne soirée à vous trois. Leur lancèrent-ils en se dirigeant tranquillement vers le sud du village.

- Dites-nous demain si le restaurant était bon, ajouta Stéphanie

- Avec plaisir leur fut-il répondu.

C'est comme cela qu'Oria, Stéphanie et Paul se retrouvèrent à la même table pour le dîner dans le restaurant principal du club de vacances.

À peine installé, Paul questionna Oria sur l'Australie et plus particulièrement sur le lieu de sa naissance, ses parents, sa famille, ses amis. Malgré l'avalanche de questions, qui mit un peu mal à l'aise Stéphanie, la jeune australienne répondait gentiment et tentait de lui résumer les quelques années passées près de Melbourne. Mais malgré l'importance des détails fournis, Paul restait sur sa faim, car elle n'avait dévoilé aucun renseignement susceptible de faire un lien, même tenu, avec lui. Ils ne virent pas le temps passer et il était déjà 22h30 lorsque le téléphone de la jeune femme se mit à sonner.

- Désolé s'excusa-t-elle, il faut que je réponde, fit-elle en voyant le numéro d'appel.

- Pas de souci, c'est normal, répondit Paul

- Allo, Oria ?

- Oui

- C'est Sarian

- J'ai vu oui. Que ce passe-t-il ?

- Il y a urgence, il faut extraire le garçon.

- Quoi ? L'intonation et la surprise, pourtant contenues, de la jeune femme mirent en alerte les deux adolescents.

- Que se passe-t-il, des ennuis ? demanda Stéphanie sourcils relevés.

- Non, rassurez-vous, rien de très grave. Je viens d'apprendre une nouvelle surprenante. Ne vous inquiétez pas, mais il faut que je m'isole quelques instants pour une conversation confidentielle. Je reviens dans un moment. Fit-elle, en se levant de table.

- Bien sûr, nous comprenons, nous vous attendons, répondit Paul avec courtoisie tout en échangeant un regard compréhensif avec Stéphanie.

La jeune femme s'éloigna de quelques mètres et reprit sa conversation avec Sarian tout en gardant un œil attentif sur les deux jeunes gens.

- Que s'est-il passé pour que la situation ait évolué si rapidement ? Elle avait posé sa main gauche sur son oreille afin de mieux entendre.

- Nous pensions que tu avais détruit les rushs tournés au Lycée, mais il devait rester une copie sur un serveur de secours. La chaîne a diffusé un reportage complet où l'on identifie clairement le garçon. Expliqua son interlocuteur d'une voix posée.

- Il y a eu des réactions ? interrogea la jeune femme qui avait retrouvé tout son calme et tentait d'imaginer la suite.

- Oui malheureusement. Moins de trois minutes après la diffusion, nous avons enregistré l'appareillage du vaisseau de combat, de classe Tonnerre, stationné sur la face cachée de la Lune, répondit son interlocuteur.

Oria comprit immédiatement les conséquences. Elle connaissait parfaitement les spécifications de ce vaisseau : un vieux modèle de croiseur, assez lent, mais bien armé. Il pouvait croiser à 0,2c et aurait dépassé l'orbite de pluton d'ici vingt-cinq heures. Il serait alors capable d'expédier une sonde messagère et d'avertir l'Empire. Son interlocuteur poursuivait.

- Il y a deux minutes, nous avons également détecté quatre signatures de déplacement par sauts quantiques. Au moins quatre personnes, en déplacement individuel, certainement accompagnées de plusieurs drones de surveillance.

- Cela nous laisse combien de temps d'après l'IA ? s'enquit-elle.

- D'après ses calculs, il faudra au moins quatre-vingts sauts à la sonde pour atteindre les frontières de l'Empire avec les délais de rechargement en énergie Kin. Il lui faudra donc environ cent vingt heures pour délivrer son message. Ensuite, tout dépendra de la réaction de l'Empereur.

Sarian lui communiqua les données transmises par l'IA. Le calculateur intelligent avait estimé que si l'Empereur était joint rapidement il pouvait choisir d'expédier une des flottes de protection d'Ildaran Prime ou une unité spéciale. Les probabilités de délais de réaction variaient entre quatre et cinq heures. Suivant le type d'appareils, il faudrait moins de deux cents heures pour arriver à la périphérie de ce système, et encore une bonne quinzaine d'heures, pour être en orbite terrestre avec des chasseurs. L'IA avait fourni une probabilité de 79,987% de voir arriver des commandos de la Sécurité Impériale d'ici treize à quatorze jours, temps local.

- L'unité de la marine spatiale basée en Australie est déjà à votre recherche, ils vont retrouver rapidement les parents du garçon et apprendre très vite où vous êtes. Transmit l'homme.

- Que veux-tu que nous fassions ? Si tu envoies un glisseur ici, ils risquent de le détecter et s'ils ont un autre vaisseau de guerre nous n'aurons aucune chance. Lui fit remarquer Oria.

- L'IA estime peu probable qu'ils possèdent d'autres appareils sinon nous les aurions remarqué, depuis tant d'années. Néanmoins, nous ne pouvons pas en être absolument certains. L'IA a, par contre, calculé une probabilité de 81,895% qu'ils disposent d'au moins quatre glisseurs de combat. Sans les drones satellites de surveillance, nous aurions pu utiliser un glisseur furtif, mais avec le déclenchement de l'alerte, ils vont repérer immédiatement les turbulences atmosphériques.

Oria réfléchissait à toute vitesse et avait déjà compris qu'ils devraient se débrouiller avec les moyens locaux sans avoir recours aux technologies ildaranes. Elle savait néanmoins que Sarian avait prévu un plan d'extraction et elle attendait ses instructions. L'homme reprit :

- J'ai activé le plan de fuite, rejoignez la côte avec eux au sud d'Agadir entre Tan-Tan et Tarfaya, je viendrai vous y prendre avec un bateau, car ils vont surveiller tous les aéroports, et même les vols privés sur le Maroc. Un véhicule est déjà en attente devant la porte du club, ordonna l'homme.

- OK, nous nous mettons en route. La jeune femme afficha les données tactiques sur ses neurorécepteurs et comprit qu'il leur faudrait au moins sept heures pour s'y rendre. Il va falloir convaincre Paul de tout abandonner. Oria avait déjà reçu toutes les informations nécessaires et ses Nanocrytes de communication avaient déjà tout synchronisé avec celles de Vira et de Darin, qui s'étaient mis en mouvement et venaient vers eux.

- Au besoin, utilise tes facultés et neutralisez-les s'ils refusent de vous accompagner volontairement, ajouta Sarian

- Darin et Vira arrivent près de la table de Paul, j'y retourne et je vais essayer de les convaincre, répondit la jeune femme.

- OK. Fais vite le temps presse. Lui rétorqua l'homme, avant de couper la communication.

Oria revint précipitamment vers la table, l'air franchement préoccupé alors que les deux adolescents discutaient tranquillement et semblaient parfaitement détendus.

- Ah, Oria, tout va bien. Vous avez l'air inquiète ? demanda Stéphanie en regardant la jeune femme.

- Malheureusement oui, nous avons un grave problème.

- Nous ? souligna Paul, en fronçant les sourcils

- Oui et je vous dois quelques explications. Concéda-t-elle en se rasseyant avec souplesse.

Ce fut à ce moment que Darin et Vira apparurent dans le champ de vision du garçon. Il reconnut tout de suite l'homme qui semblait le suivre depuis plusieurs semaines.

- Oria ! Que ce passe-t-il ? Vous connaissez ces hommes qui se dirigent vers nous ? questionna-t-il sur un ton, soudainement, devenu méfiant.

- Oui Paul, je les connais. Ils sont là pour te protéger, souffla la jeune femme.

- Pour me protéger ? Mais de quoi ? répliqua Paul, très nettement sur la défensive.

- C'est un peu compliqué, mais il y a urgence et il faut quitter Marrakech tout de suite, lui répondit-elle d'un ton parfaitement calme, mais ne laissant que peu de place à la discussion.

- Mais pourquoi ? intervint Stéphanie, dépassée par la situation. Nous n'avons aucune raison de quitter ce club. Nous sommes en vacances et comptons bien terminer notre séjour ici.

- Écoutez attentivement tous les deux. Reprit la jeune femme. Je n'ai pas le temps de tout vous expliquer, mais Paul doit nous suivre immédiatement. Des individus sont déjà en train de le rechercher pour le capturer ou le tuer.

- Mais c'est ridicule, Oria. Qui peut vouloir me kidnapper ou me tuer ? ricana Paul pour se rassurer, mais en réalité pour tenter de dissimuler son intuition que lui criait danger en lettres de feu, je suis un adolescent normal.

- Non Paul, tu n'es pas un adolescent normal. Que sais-tu de ton passé ? Lui objecta Oria, pressée par le temps.

- Eh bien, j'ai été adopté vers l'âge d'environ douze mois. J'ai été découvert à proximité de l'hôpital Saint-Antoine, à Paris.

- Moi, je connais les origines de ta naissance, lui répondit la jeune femme le plus calmement possible afin de donner plus de solennité à ses propos.

- Je le savais ! Vous faites partie de ma famille ? cria presque Paul, tant les paroles d'Oria résonnaient avec force dans son esprit. Et vous qui êtes vous ? s'énerva l'adolescent face aux deux hommes qui venaient de se rapprocher.

Darin lui répondit d'une voix calme : *tu as déjà dû m'apercevoir, je m'appelle Darin. Je suis chargé, ainsi qu'Oria, Vira et notre équipe, de te protéger.*

- Mais de me protéger contre quoi ou contre qui ? Questionna l'adolescent en dodelinant légèrement la tête. Il était perdu, mais une sorte de sixième sens continuait de lui hurler DANGER et cela ne faisait qu'ajouter de l'angoisse à sa confusion.

Darin n'eut pas le temps de lui répondre, car deux nouveaux arrivants s'approchaient également de la table.

- Paul, Stéphanie ! Nous vous avons fait une surprise. Les deux jeunes gens se retournèrent en entendant leurs prénoms et découvrirent Alex, accompagné de son amie Mélanie.

L'arrivée inopinée des deux nouveaux adolescents bousculait significativement les plans des inconnus qui devaient maintenant composer avec d'éventuels témoins supplémentaires.

- Mais qu'est-ce que vous faites là ? demanda Paul, presque le plus surpris de tous.

- Nous avions planifié, dès le début, de passer les vacances avec vous, mais nous étions restés discrets jusqu'à ce soir pour vous laisser un peu en amoureux. Répondit le jeune homme avec un grand sourire. Cache ta joie Paul, on dirait que tu as vu un fantôme. Allo la Terre ? Alex et Mélanie appellent Paul et Stéph… Ajouta le garçon, d'un ton taquin, devant l'air décontenancé des deux jeunes gens.

Oria et Vira étaient sur la défensive, mais Darin les rassura immédiatement. *Pas d'inquiétude, ils font bien partie du cercle d'amis de Paul. Je les ai déjà identifiés.*

Alex se moquait toujours de son copain lorsque le portable de Darin se mit à sonner. L'homme répondit immédiatement

- Oui ? répondit laconiquement l'homme de main.

- Ici Sarian. Nous avons enregistré deux sauts individuels de Paris vers Marrakech. Ils ont fait parler les parents et savent qu'il est ici. Il faut que vous quittiez la ville immédiatement.

- Deux ? Nous pouvons facilement les contrer d'autant qu'il ne s'agit certainement pas de militaires très entraînés. Ricana Darin.

- Vous pouvez facilement vous en débarrasser, mais cela risque d'attirer l'attention des autorités locales ainsi que des autres impériaux. Je ne sais pas exactement combien ils sont en Australie, mais ils vont vite envoyer des renforts. Il est préférable que vous appliquiez tout de suite le plan de fuite vers l'océan. Répliqua Sarian.

- OK j'essaie de convaincre le garçon de nous suivre. Que fait-on des trois autres ? demanda Vira, qui avait suivi la conversation sur son propre communicateur, jumelé à celui de Darin.

- Trois ? Je croyais qu'il était seul avec son amie ? S'étonna Sarian

- C'était le cas, mais deux autres jeunes viennent d'arriver : un garçon et une fille identifiés lors de la surveillance. Fit Darin d'un ton contrarié.

- Ils sont clean ?

- Locaux à 100%, non hostiles, affirma Darin d'un ton catégorique.

- Bon. Embarquez tout le groupe. Ils savent que nous existons et ils pourraient vous identifier après les avoir interrogés. Oria n'a pas le temps de les traiter sans risque de dommage cérébral. Lui ordonna Sarian.

- Ils ne savent pas grand-chose. Les emmener va nous compliquer sérieusement les choses. On pourrait les neutraliser. Ce serait un faible dommage collatéral au vu de l'urgence de la situation, lui objecta Vira.

- D'accord, cela ne vous simplifie pas la tâche, mais c'est ma décision. Pas question de les éliminer, si c'est à cela que tu penses, Vira. Mettez-vous en mouvement immédiatement, ordonna Sarian d'un ton sec, ne laissant plus de place à la contestation.

Durant l'échange, Alex et Mélanie avaient résumé à leurs amis comment ils avaient planifié de les rejoindre en vacances. Stéphanie n'était pas spécialement ravie de les voir débarquer pendant leur séjour en amoureux, mais il fallait préciser qu'elle n'appréciait pas spécialement la nouvelle petite amie d'Alex. Un sentiment largement partagé par Paul qui avait d'ailleurs les plus grandes difficultés à le cacher à son ami qui semblait pourtant très amoureux d'elle.

Elle et Alex s'étaient rencontrés, l'année passée, pendant les vacances de Noël à la montagne et la jeune femme avait rapidement eu une forte emprise sur le jeune homme. Paul soupçonnait la jeune femme de sortir avec Alex par intérêt, car celui-ci était particulièrement généreux et ne regardait pas à la dépense. Son père dirigeait une solide entreprise familiale et ils vivaient confortablement.

Cette arrivée imprévue compliquait sérieusement leur plan …

Oria bouillait déjà d'impatience et Vira jetait des regards dans toutes les directions, tous les sens en éveil, à l'affût de la moindre menace. L'homme semblait particulièrement mécontent d'avoir à gérer deux adolescents de plus.

- Paul, il va finir par me faire peur, ce type, fit Stéphanie en désignant Vira.

- Bon, demanda Paul à Oria, d'un air décidé. Vous avez deux minutes pour m'expliquer ce cirque sinon j'appelle la sécurité du club.

- Calme-toi Paul. Lui répondit lentement la jeune femme, comprenant aussitôt, devant l'attitude du garçon, qu'il allait lui falloir être à la fois convaincante et rassurante. Nous ne te voulons pas de mal, bien au contraire : nous sommes là pour te protéger depuis ta naissance.

- Mais. Qu'est-ce que vous me racontez ? s'énerva l'adolescent. J'ai dix-huit ans, vous avez l'air d'en avoir à peine trente, et vos amis également. Vous n'êtes pas devenu garde du corps à dix ans ! Agacé par la situation et par l'arrivée non prévue de ses amis, Paul extériorisait sa colère sur la jeune femme.

- C'est exact, Paul. C'est simplement que je suis beaucoup plus âgée que tu ne le penses. Répondit-elle très calmement en s'efforçant de masquer son impatience.

- Vous avez une bonne hygiène de vie, rétorqua, presque rageusement, le garçon. Ne comptez pas que je croie à votre histoire uniquement parce que j'ai bu quelques verres de champagne, compléta l'adolescent, en colère.

- Paul. C'est quoi, cette histoire de fou ? demanda Alex, qui commençait à trouver la conversation bien étrange.

- Écoutez-moi. Intervint soudain Darin. Je ne vous demande pas de nous croire sur parole d'autant que l'histoire vous semblerait assez incroyable. Sachez simplement que Paul est réellement en danger et que deux individus viennent d'arriver il y a quelques minutes pour le capturer ou le tuer. Si nous ne partons pas d'ici, ils le trouveront d'ici moins de dix minutes.

- Mais vous pouvez nous protéger, si c'est votre fonction. Répondit Stéphanie, également énervée par la situation. Ils sont que deux et vous êtes trois.

- En effet, répondit Darin. Mais si nous intervenons frontalement, nous allons nous dévoiler et ils reviendront plus nombreux. Il est préférable qu'ils ignorent, pour le moment, notre capacité défensive.

- Admettons que j'accepte de vous croire. Que devons-nous faire ? demanda Paul, qui commençait à se calmer.

- Vos amis nous ont vus et pourraient renseigner nos ennemis sur notre nombre. Nous devons donc vous emmener tous les quatre, au moins jusqu'à notre prochain lieu de rendez-vous, affirma le dénommé Vira.

- Et qui est ? questionna Alex, qui se sentait subitement concerné.

- Il est préférable que vous l'ignoriez pour le moment, mais nous devons quitter le pays rapidement. Les aéroports étant certainement surveillés, nous avons un plan de secours, mais vous devez venir maintenant ! insista Oria.

- Mélanie ? Alex ? Cela fait partie de votre surprise ce jeu de rôle d'agents secrets ? demanda soudain Stéphanie, à ces deux amis.

- Non ! Je t'assure. Lui répondit la jeune fille. Cela me fait plutôt peur, cette histoire. Vous êtes sûr de vouloir les suivre ? ajouta-t-elle, visiblement inquiète par l'attitude résolue d'Oria et ses amis.

- Je ne suis sûr de rien. Répondit Paul. Pouvez-vous me donner au moins un début de preuve de ce que vous avancez pour nous convaincre. Ajouta-t-il en se tournant vers Oria.

- Devant tout le monde, en plein restaurant, je crains qu'une démonstration de nos capacités n'éveille l'attention, mais si vous nous suivez dans le 4x4, qui nous attend depuis dix minutes, dès que nous aurons quitté la Palmeraie, je vous montrerai quelque chose qui devrait vous convaincre de la véracité de nos dires. Répondit-elle. Réfléchissez, si nous vous avions voulu du mal nous aurions pu vous nuire depuis longtemps. Dépêchez-vous le temps presse. Insista encore la jeune femme.

- Détection d'un saut quantique à moins de cent cinquante mètres, l'un d'eux est ici, les coupa brutalement Vira. Darin mets toi en position d'interception. Oria emmène les, immédiatement, au Land Rover, je vous couvre. Le ton de l'homme, froid et déterminé, impressionna Paul.

- Tu crois qu'il nous a repéré ? s'enquit Oria

- Non. J'ai coupé tous mes détecteurs actifs. Je suis uniquement en mode passif et il n'a pas d'armure de combat. Répondit Vira. Allez, bougez ! lança-t-il avec un ton de commandement. OK on y va, cette fois on ne peut plus attendre. Paul ! Suis-moi si tu veux vivre, lui cria Oria, le plus sérieusement qu'elle put.

Darin se déplaça à une vitesse qui stupéfia les adolescents qui n'avaient jamais vu quelqu'un se mouvoir aussi rapidement, l'homme se retourna, un bref instant, avec ce qui sembla être une arme à la main et fila dans la direction opposée au bar, vers les jardins.

L'attitude des deux hommes et le ton d'Oria commençaient à entamer la résistance de Paul qui finit par se laisser convaincre d'accompagner la jeune femme. Les trois autres adolescents suivirent sans trop se poser de questions, un peu effrayés par les propos de la jeune femme aux yeux bleus.

Vira laissa celle-ci prendre la tête du groupe et ferma la marche derrière les quatre adolescents. Oria leur intima d'avancer vivement, mais sans précipitation vers le parking du club. *Ne courez pas afin de ne pas attirer l'attention, le tueur est apparemment seul et Darin devrait pouvoir le neutraliser sans faire de vagues ni se dévoiler.*

Il leur fallut moins de cinq minutes pour arriver auprès d'un grand 4x4 Land Rover sept places.

- On dirait que vous aviez prévu notre arrivée, s'étonna Alex

- Non. Lui répondit-elle. Je ne savais même pas qu'il était en configuration sept places, mais on a le droit d'avoir de la chance. Nous n'allons pas nous en plaindre. De toute façon, nous nous serions serrés, car nous n'avons pas le choix. Montez à bord s'il vous plaît. Ajouta la jeune femme en ouvrant la portière.

C'est à cet instant que Mélanie commença à se rebeller. Elle avait bien réfléchi pendant la marche en direction du parking et ne comptait pas suivre des inconnus, même si son amant y allait.

- Moi, je ne crois pas à votre histoire. Alex, tu fais ce que tu veux, je reste ici. Se braqua la jeune fille, campée sur ses positions, les bras croisés.

- Mélanie, cessez de faire l'enfant gâté, on ne joue pas ici. Vous êtes réellement en danger, répéta, de guerre lasse, Oria.

L'amie d'Alex ne bougeait pas d'un pouce, bien décidée à ne pas se laisser dicter sa conduite.

- Vous ne comptez quand même pas que je suive de parfaits inconnus qui débarquent de nulle part et veulent nous emmener je ne sais où ? Au Maroc, en plus ! S'emporta la jeune fille en amorçant un mouvement de retour vers le club.

- Vous avez raison d'être prudente, lui répondit la femme, en se plaçant en travers de son chemin, mais je n'ai pas le temps de vous convaincre. Vous nous mettez tous en danger en ralentissant notre fuite, ajouta-t-elle, l'air franchement agacé par l'attitude de la jeune fille.

C'est à ce moment que Darin réapparut dans leurs champs de vision. Il revenait vers eux tranquillement, comme si de rien n'était, et Paul en vint à douter de la réalité de leurs assertions et il hésitait maintenant à monter dans le véhicule. L'homme s'adressa à sa collègue :

- Il était seul, sans armure de combat, avec, uniquement, un champ Horlzson, un pulseur à aiguilles et une lame en Arkrit. Indiqua-t-il en montrant un long poignard de couleur sombre et une arme qui pouvait s'apparenter à un pistolet. Il ne s'attendait visiblement pas à ce que nous soyons sur place, mais la prochaine fois nous n'aurons plus l'effet de surprise.

- Que lui avez-vous fait ? l'interrogea Stéphanie.

- Je l'ai neutralisé, il n'est plus une menace pour Paul, répondit l'homme simplement, sur un ton qui ne laissait aucune place à des questions plus précises.

- Allez, grimpez dans la voiture. Dépêchez-vous ! Nous n'avons pas beaucoup de temps, leur ordonna Vira, d'une voix autoritaire.

Les adolescents ne savaient plus quoi faire. La situation semblait figée et Mélanie commençait déjà à faire demi-tour, vers l'entrée du club.

- Devant l'urgence de la situation, Oria décida d'intervenir. **[Montez dans la voiture !]** l'ordre mental fut brutal. Les adolescents totalement pris au dépourvu commencèrent à monter dans le Land.

Paul hésitait encore et dodelinait de la tête. Il sentait confusément qu'il pouvait lutter contre cette injonction, mais ne savait pas comment.

- [**Monte Paul !**] ordonna Oria, à l'adolescent récalcitrant.

Cette fois-ci l'injonction mentale était destinée à accroître son emprise et il obéit mécaniquement, comme drogué. Il monta à bord, avec des mouvements saccadés, mais un combat acharné se livrait dans son cerveau, comme si son esprit tentait de contrer l'injonction émise par la jeune femme.

Démarre ! lança aussitôt Darin à Vira, qui embraya immédiatement et quitta le parking du club en direction du centre-ville. Il s'était écoulé à peine dix minutes depuis l'appel de Sarian, mais Darin savait que la partie ne faisait que commencer. Leurs adversaires allaient tout faire pour les retrouver même si leurs ressources étaient limitées sur cette planète.

Le Land Rover descendit le boulevard Oued Issil en direction du centre afin de rattraper la route menant à l'ouest, vers Essaouira.

Après avoir tourné dans l'avenue du 11 janvier, le 4x4 bifurqua dans l'avenue Yacoub Mansour. Darin crut apercevoir un véhicule qui les suivait, mais c'était une fausse alerte. Les adolescents semblaient dans un état second et ne se rendaient compte de rien.

La nuit était claire et, malgré le peu de lumière, on distinguait nettement les rues de la ville, mais Darin restait sur ses gardes, car il craignait que des drones de chasse ne les repèrent et ne tentent de les intercepter.

Vira prit à gauche, vers la gare de Marrakech qu'il contourna, et s'engagea dans l'avenue Hassan II lorsqu'une voiture surgit derrière eux, venant de l'avenue Mohamed VI et cherchant visiblement à les rattraper. Cette fois, aucun doute ils étaient repérés.

- Mais comment nous ont-ils trouvés si vite ? Jura Oria

- Les téléphones portables ! s'exclama Darin, se maudissant de n'y avoir pas pensé plus tôt. Une faute impardonnable pour un professionnel de son acabit.

- Mais ils ne connaissent pas nos numéros. S'étonna Paul, qui émergeait progressivement de sa torpeur.

- Ils ont dû trouver des informations chez toi et tracer ton mobile, répondit la jeune femme.

- Vous voulez dire qu'ils sont allés chez moi ! S'effraya le garçon, malgré son engourdissement.

- C'est certain sinon ils n'auraient jamais pu te retrouver aussi vite. Mais ne t'inquiète pas pour tes proches, ils ont les moyens d'obtenir des informations, sans même que les sujets se souviennent de leur passage et nos ennemis ne souhaitent pas plus que nous, que les autorités françaises ne soient mêlées à leurs histoires, le rassura la jeune femme.

- Mais qui êtes-vous à la fin ? Russes, américains, chinois ? S'emporta Alex, qui venait également de reprendre conscience.

- Nous venons d'un peu loin, lui répondit Oria. Nous vous expliquerons tout cela lorsque nous serons hors de danger.

- La voiture se rapproche. Il est seul, les interrompit Darin, d'une voix calme.

- Donnez-moi tous vos portables, ordonna la jeune femme.

Alex et Paul fouillèrent dans les poches de Stéphanie et Mélanie qui n'avaient pas encore repris totalement le contrôle de leurs mouvements et récupérèrent leurs téléphones. Mélanie eut un faible geste de révolte, mais fut incapable de s'y opposer. Dès qu'Oria eut les quatre appareils en main, elle ôta toutes les batteries et jeta le tout par la fenêtre du Land Rover.

- Avec un peu de chance, des habitants les trouveront et les réactiveront. Cela devrait brouiller un peu notre piste. Expliqua-t-elle

- Je bloque ses communications sur un faisceau étroit afin que nous ne soyons pas détectés par un drone en orbite, ou en approche, il ne peut plus communiquer avec sa base. Précisa Darin, qui trifouillait un curieux appareil électronique.

- Espérons qu'il n'ait pas eu le temps de faire un rapport avant de nous engager, fit Vira très concentré sur la conduite du 4x4.

- Nous le saurons bientôt, répondit Darin, qui sortit un étrange pistolet de son sac.

- Vise ses pneus. Oria, prépare-toi à le neutraliser, cria Vira en bifurquant brusquement à gauche, dans la rue El Iraq, en direction des jardins de la Menara.

Leur poursuivant fut pris au dépourvu, mais réussi à les suivre in extremis. Darin sortit un objet noir qui ressemblait à un révolver et le braqua sur la voiture poursuivante. Une sorte de vibration fut émise par l'appareil et la roue avant droite, du véhicule qui les suivait, disparue dans un petit nuage de poussière. La voiture fit une brusque embardée sur la droite et faillit percuter une maison, avant de s'immobiliser dans un tête-à-queue.

Vira freina violemment et le Land s'immobilisa dans un crissement de pneus. Sans attendre, Oria bondit souplement hors du véhicule à une vitesse telle, que Paul put à peine enregistrer son déplacement. Elle était déjà en train d'extraire l'homme de la voiture endommagée. Celui-ci tenait un long poignard de couleur sombre à la main et essaya d'atteindre la jeune femme qui esquiva le coup, d'un mouvement félin. Un violent combat s'engagea alors entre eux, ils semblaient se mouvoir de manière trouble comme si la lumière était brouillée, mais Oria semblait plus rapide et, après quelques parades, parvint à désarmer son adversaire. D'un geste vif, elle plaça sa lame sous la gorge de l'homme et se concentra en le fixant droit dans les yeux. Il s'immobilisa soudain comme paralysé.

- Que fait-elle ? demanda Paul, qui avait observé toute la scène.

- Elle l'interroge pour savoir s'il a eu le temps de communiquer notre position et tente de connaître leurs plans, lui expliqua Vira.

- Va-t-elle le tuer ? questionna l'adolescent, un peu surpris d'être mêlé à cette violence inhabituelle.

- Ce ne sera pas nécessaire, elle va lui implanter un verrouillage mental pour qu'il oublie les dernières vingt-quatre heures. Cela ne tiendra pas longtemps, mais suffisamment pour que nous disparaissions. Lui précisa Darin.

- Mais d'où venez-vous ? Je n'ai jamais entendu parler de technologies de ce genre. S'étonna Alex, encore vasouillard.

- Nous vous expliquerons tout plus tard, mais pour le moment il faut fuir, répondit l'homme, en désignant Oria, qui revenait rapidement vers le véhicule.

- Nous allons pouvoir reconstituer nos réserves d'Arkrit. Plaisanta la jeune femme qui ramenait un poignard identique à celui récupéré par Darin, un peu plus tôt. Il n'a pas eu le temps de communiquer notre position, tu as brouillé ses communications, juste à temps. Cela va nous laisser un peu de répit avant que le reste du commando de Paris n'arrive ici. Ils auront un peu de mal à nous retrouver surtout qu'ils vont devoir se concentrer sur les aéroports et les gares. Ajouta-t-elle en embarquant dans le Land et en refermant la portière.

Vira embraya immédiatement, sans laisser le temps aux adolescents de réagir, et s'engagea dans la rue d'El Iraq en sens inverse. Il tourna ensuite à gauche sur l'avenue Hassan II et continua sur le boulevard Essaouira puis sortit enfin de la ville, direction plein ouest, vers l'océan atlantique.

- Dommage qu'il soit trop tard, nous aurions pu essayer de louer un avion privé sur le terrain de Sidi Zouine. C'est là, sur la droite, indiqua la jeune femme qui semblait consulter des informations sur un écran invisible.

- Nous aurions laissé une trace trop aisément identifiable, rétorqua Vira.

- Mais enfin est-ce que vous allez nous expliquer qui vous êtes et qui sont ces gens après nous ? S'emporta Paul, qui avait été un peu choqué par l'agression.

Avant que quiconque n'ait eu le temps de répondre, le communicateur de Darin se mit à vibrer.

- C'est Sarian, précisa l'homme à l'intention de ses complices.

- Nous venons de repérer vingt-cinq déplacements de très petite taille sur Marrakech, il s'agit sans aucun doute de drones de chasse. Avez-vous quitté la ville ? s'inquiétait leur interlocuteur.

- Oui nous venons juste d'en sortir, acquiesça Darin, en mettant son téléphone sur haut-parleur.

- Parfait, le temps qu'ils quadrillent toute la ville, en partant du club, vous serez loin. C'est passé juste, à quelques minutes près, vous n'auriez pas pu vous enfuir sans combattre. Je suis dans un vol privé à destination des Canaries, un contact local a tout organisé pour qu'un bateau soit prêt à partir depuis l'île de Tenerife. J'appareillerai dès que possible et devrais être entre Tan-Tan et Tarfaya avant l'aube. Je vous contacterai dès que je serai sur zone, Sarian transmettait les données de son plan sur un ton typiquement militaire.

- OK, on trouvera un coin tranquille pour embarquer le long de la côte, car nous devrions être à Agadir d'ici deux heures maximum, mais il restera presque cinq cents kilomètres de trajet par la nationale côtière, lui répondit Oria, qui agitait ses mains et semblait, de nouveau, consulter un écran invisible.

- Très bien, nous ferons une jonction en fonction de nos localisations respectives. Tenez-moi informé sur votre position toutes les heures. Terminé, répondit Sarian, en coupant la communication.

- Ne te trompe pas Vira.

- L'autoroute A7 vers Agadir est bientôt sur la gauche, intervint Darin.

- Bon. Maintenant que le danger est passé, peut-être allez-vous pouvoir nous expliquer la situation ? s'emporta Paul, un peu stressé.

- Oui, détendez-vous. [**Dormez !**] Les quatre adolescents se firent surprendre par la nouvelle injonction mentale d'Oria et commencèrent à dodeliner de la tête puis s'assoupirent. Seul Paul continuait à lutter dans un état second, mais sans céder totalement.

- [**Endors-toi Paul !**] insista la jeune femme qui plissa le front, sous l'effort de la concentration.

Le jeune garçon fut comme assommé par cette seconde injonction et ne put résister plus longtemps.

- Il commence à éveiller ses facultés, j'ai de plus en plus de mal à le soumettre. Dans quelque temps, je ne pourrai plus le contrôler. Il faut le convaincre rapidement de nous suivre de son plein gré, jouta la jeune femme.

Les deux cent vingt-trois kilomètres jusqu'à l'entrée d'Agadir furent parcourus rapidement, mais il était déjà presque 1h du matin. Darin avait brouillé toute trace électronique pendant qu'Oria avait effacé le souvenir de leur passage de l'esprit du préposé au péage de l'autoroute. Toutes les précautions avaient été prises pour que leurs poursuivants perdent leur trace. Du moins l'espéraient-ils.

Chapitre 6

Vira roulait sur l'autoroute A7 en direction de l'océan Atlantique sans paraître fatigué le moins du monde pendant que Darin et Oria se reposaient en silence. Aucune trace d'inquiétude n'émanait des trois adultes malgré la gravité de leur situation. Ils étaient arrivés à la fin de l'A7 et empruntèrent la nationale 8 qui menait à Agadir. Avant la zone industrielle Bab Al Madina, Vira tourna à gauche en direction du Golf Royal et rattrapa la nationale 1 à Sidi Mimoun.

Malgré l'heure tardive, la circulation était toujours difficile, car il y avait de nombreux camions sur cet axe nord-sud du royaume chérifien et la vitesse moyenne allait considérablement baisser.

Ils passèrent successivement Tiznit puis Guelmim en continuant la nationale 1, en direction de Tan-Tan. *Encore environ cent vingt kilomètres pour atteindre Tan-Tan*, précisa Vira.

- Il est déjà 3h35 du matin. Il faudrait embarquer au plus tard vers 6h sinon le jour sera levé et il sera plus difficile de passer inaperçu. On ne peut pas se permettre d'être contrôlé par une vedette de la marine marocaine. S'inquiéta Darin

- Essaie de rouler un peu plus vite sinon nous n'y arriverons jamais. Suggéra Oria.

- Si j'accélère, nous risquons de nous faire arrêter par la police et nous serions repérés immédiatement, rétorqua le conducteur.

- Il faut prendre le risque, car nous ne pouvons pas embarquer en plein jour ni rester au Maroc une journée de plus. Insista la jeune femme.

La ville de Tan-Tan fut atteinte à 4h50 du matin sans incident. La police marocaine ne semblait heureusement pas patrouiller de nuit, sur cette nationale pourtant très fréquentée.

À 5h10, le communicateur d'Oria vibra et la voix de Sarian, se fit entendre : *je suis près de la cote à quelques kilomètres au nord de Tarfaya, indiquez-moi une position précise pour faire jonction.*

- Nous avons rattrapé la cote à El Ouatia et passé l'embouchure de l'Elkhalona, mais la mer n'est pas facile d'accès par ici. Par contre, nous ne pourrons jamais atteindre Tarfaya avant l'aube, il faudrait que tu remontes encore un peu et que l'on se rejoigne plutôt du côté d'Akhfennir, lui répondit la jeune femme qui consultait toujours son écran invisible.

- OK je vois où c'est, je peux y être d'ici trente minutes. On pourrait se retrouver à quelques kilomètres au sud d'Akhfennir, le drone de reconnaissance indique un accès possible par une plage de sable. Proposa leur interlocuteur.

- Nous devrions y être aussi dans ces eaux-là. Le temps de réveiller les jeunes. Répondit Darin.

- Sarian, je te propose un point de jonction dans trente minutes aux coordonnées : latitude 28,08970, longitude -12,07775. Il y a un accès direct sur la plage, suggéra Oria, qui avait repéré une position précise sur le bord de mer.

- Reçu. Conclut Sarian avant de couper la communication.

Les jeunes, réveillez-vous ! les secoua Oria, quinze minutes plus tard. Nous arrivons.

Les quatre adolescents émergèrent de leur torpeur, encore un peu groggy, sans,   réaliser où ils se trouvaient. Seul Paul fut instantanément sur ses gardes et commença à manifester son mécontentement.

- Vous nous avez trompés ! Vous deviez nous donner des explications et vous nous avez drogués ! Pendant qu'il éructait, le jeune homme observait ses amis et fut rassuré de découvrir que tous les trois allaient bien, Stéphanie en particulier.

- Venez ! Ne traînons pas ici : nous ne sommes pas en sécurité. Leur répondit simplement Darin. Un bateau nous attend et il faut embarquer avant que le jour ne se lève : il faut éviter de se faire repérer par des pêcheurs ou des garde-côtes.

Mélanie commençait à reprendre ses esprits et était, elle aussi, furieuse d'avoir été kidnappée. Elle ne savait pas trop quelle attitude adopter, car elle craignait une réaction violente de la part de leurs ravisseurs, mais ne voulait en aucun cas embarquer sur un bateau.

- Non, je ne vous suivrai pas. Laissez-moi partir, je ne dirai rien à personne. Elle était déterminée à ne pas se laisser emmener.

- Alex, essaie de raisonner ton amie. Nous ne pouvons pas la laisser derrière nous, intervint Darin, prêt à contraindre l'adolescente.

- C'est que je n'ai pas très envie non plus de vous accompagner. Objecta l'ami de Paul. Cette attitude ne plaide pas en votre faveur.

Sans un mot, Vira sortit de sa poche un objet qui ressemblait à une arme et mit en joue les quatre adolescents.

- Nous n'avons plus le temps pour les bavardages. Suivez-nous sans histoire ! Ordonna-t-il d'un ton sec.

Comprenant qu'ils n'avaient pas d'autre option, les quatre adolescents obtempérèrent à contrecœur et se dirigèrent vers la mer, à la suite d'Oria et de Darin. Vira fermait la marche en scrutant attentivement leurs arrières. Paul, qui craignait pour Stéphanie et Mélanie, aurait aimé discuter de la situation avec Alex, mais les circonstances ne leur avaient laissé aucun répit.

- Sarian est là-bas sur la gauche, leur annonça Vira

- Comment l'avez-vous vu ? Il fait nuit noire, questionna Paul, d'un ton froid.

- Nous avons des équipements à visée nocturne, lui répondit laconiquement Oria.

- Sans lunette amplificatrice de lumière ? s'étonna Alex, curieux malgré la situation.

- Nous n'en avons pas besoin. Soyez patient, nous vous expliquerons tout cela pendant la traversée, répondit Vira.

- Ici ! appela une voix forte. Ils se dirigèrent vers le son de la voix et un homme que Darin appela Sarian ajouta, je n'ai malheureusement qu'une seule annexe il va falloir faire deux voyages pour embarquer tout le monde il eut air contrarié en découvrant l'arme de Vira pointée sur les jeunes gens, mais n'ajouta rien de plus.

Il était accompagné d'un autre homme appelé Briza et, malgré le peu de lumière, Paul parvint à distinguer sa silhouette et son visage. Il avait une allure sportive, environ trente-cinq ans, visage carré, démarche assurée et semblait sur ses gardes. Aucun signe distinctif ! Paul l'imaginait pouvoir se dissimuler facilement dans un autre décor avec d'autres vêtements. Peut-être un barbouze songea-t-il ?

- Briza va remonter avec le Land Rover vers Tanger et l'abandonner dans un endroit désert pour brouiller les pistes. Espérons qu'ainsi les impériaux nous croient remontés vers le nord, expliqua-t-il. Briza, tu communiqueras les coordonnées du Land au Randor dès que tu seras à l'écart. Ensuite, redescends sur Casablanca et restes-y au moins deux jours. Évite toute interception, y compris de la police marocaine, ordonna-t-il à l'homme qui repartit aussitôt vers le 4x4.

- La police marocaine est avec eux ? s'étonna Paul, qui ne comprenait plus rien du tout.

- Non, lui répondit Oria. Ils ignorent même notre existence, mais nos adversaires doivent avoir piraté tous les systèmes informatiques du royaume et sont certainement à l'écoute de la moindre information susceptible de nous repérer. Des drones de chasse doivent déjà quadriller tout le territoire chérifien.

- Paul ! Stéphanie ! On y va. Vous montez avec Oria et moi dans le premier voyage, les enjoignit Darin. Le reste du groupe attend avec Sarian.

L'homme fit glisser le petit canot pneumatique sur le sable jusqu'à l'océan. Il fallut mettre les pieds dans l'eau salée et Paul ressentit un frisson lorsqu'une vague lui éclaboussa le haut des jambes. L'eau n'était pas très froide, mais le sel lui piquait la peau et collait le bas de son pantalon. Dès que tous furent assis sur les bords du canot, Darin fit démarrer le petit moteur hors-bord. Il fallut moins de cinq minutes, à l'annexe, pour rejoindre un magnifique yacht de vingt-cinq mètres ancré, hors de vue de la plage, à cent mètres de la côte marocaine. Le vent marin et les éclaboussures avaient achevé de réveiller l'adolescent qui observait avec attention l'attitude du pilote cherchant à décrypter ses intentions.

Les nuages avaient obscurci le ciel et masquaient la lumière de la lune donnant au navire une teinte sombre, légèrement effrayante. Paul espéra que ce n'était pas un signe défavorable.

À peine déposés à bord ses passagers, Darin repartit chercher le reste du groupe. Mélanie et Alex n'avaient pas dit un mot en attendant le retour du petit canot. L'homme resté avec eux avait bien cherché à nouer le dialogue, mais l'attitude franchement hostile de Mélanie l'avait convaincu de reporter à plus tard toute tentative d'explications. Le dénommé Sarian leur intima juste l'ordre de s'approcher du bord, car le frêle esquif revenait les chercher et moins de cinq minutes plus tard ils étaient tous à bord du yacht. L'annexe fut attachée sans perdre une seconde et le yacht remonta l'ancre avant de prendre un cap plein ouest.

- Vous n'avez pas peur que nous soyons repérés par un radar ou par les garde-côtes ? demanda Alex, qui avait regardé de nombreux films d'espionnage.

- Nous avons des équipements de brouillage anti-détection. Lui répondit Darin. Ils sont activés au minimum afin d'éviter de nous faire repérer par nos adversaires, mais c'est suffisant pour neutraliser l'équipement local. Il faudrait un balayage direct sur le bateau pour nous détecter et les Marocains ne disposent pas de cette technologie. Néanmoins, nous couperons le camouflage dès que nous serons au large, car les drones ennemis pourraient repérer le champ de neutralisation.

- Bienvenus à bord. Les héla un membre d'équipage qui les attendait dans le grand salon du bord.

- Je vous présente Telius, leur dit Sarian. Il est chargé de la surveillance électronique, c'est lui qui a tracé tous les mouvements de nos adversaires, précisa-t-il.

Telius était plus grand que Sarian. Probablement un mètre quatre-vingt-dix, longiligne, il ne ressemblait pas à un militaire, mais ses mouvements trahissaient une grande souplesse et Paul le soupçonna d'être aussi dangereux que les autres.

- Vous devez avoir faim, leur demanda Sarian. C'est l'heure du petit-déjeuner. Venez vous restaurer. Ajouta leur hôte en souriant, visiblement soulagé de les voir tous sains et saufs, à bord du navire.

Les jeunes gens quoique fatigués découvraient le bateau avec curiosité malgré le sentiment d'avoir été kidnappé. Seul, Alex toujours optimiste semblait ravi de faire une petite croisière sur un petit yacht de luxe. Opinion visiblement non partagée par les deux jeunes filles qui n'avaient pas décroché une parole depuis l'épisode de la plage.

Paul balaya du regard la pièce centrale du bateau. Ils se trouvaient dans un grand salon couplé à une partie salle à manger comprenant huit chaises et une table garnie de nourriture.

Quelle est cette marque de bateau ? demanda Alex à Sarian, tout en louchant un peu sur le petit-déjeuner.

Sarian fut ravi de changer de sujet pour détendre un peu l'atmosphère. *C'est un First Episode, un bateau qui file à 25 nœuds en vitesse de croisière avec une autonomie de quatre cents miles nautiques. Nous avons deux moteurs de mille quatre -cent vingt chevaux.* L'homme semblait fier de son navire.

- Il est à vous ? s'enquit Mélanie sur la défensive et encore mécontente d'avoir été forcée de monter à bord. Elle s'efforçait néanmoins de rester calme afin de ne pas provoquer ses ravisseurs.

- Non. Nous l'avons emprunté dans la marina au sud de la ville de Santa Maria del Mar, sur l'île de Tenerife. Son propriétaire ne le déclarera pas volé avant plusieurs semaines. Il y a quatre cabines, dont deux doubles avec salles de bain. Vous avez vu l'annexe et nous disposons également d'un jet ski et d'équipements de plongée. Compléta Telius. Venez vous asseoir et restaurez-vous, le jour va bientôt se lever et je voudrais être hors de vue du rivage au plus vite.

- Tu as prévu quelque chose après les Canaries ? s'enquit Darin en regardant Sarian et en attaquant un croissant frais avec du café.

- Oui, pour l'instant, nous appliquons le plan initial. Nous allons ravitailler en carburant, au sud de l'île de Lanzarote, puis je vous expliquerai la suite du programme après le petit-déjeuner. Répondit l'homme, en désignant discrètement d'un œil les adolescents.

Tout le monde commençait à se détendre un peu devant la nourriture qui redonnait un aspect plus normal à leur situation, lorsqu'un cinquième homme à l'allure aristocratique entra discrètement avec du thé.

- Voici Irias. Fit Sarian aux adolescents.

- Votre Altesse. S'inclina l'homme devant Paul, d'un air sérieux.

- Votre Altesse ? J'apprécie beaucoup votre humour, Irias. Sourit Paul malgré la situation incongrue. L'homme lui rappelait quelque chose, mais il n'arrivait pas à se souvenir.

Il détonnait dans l'équipe de Sarian, car il n'était, à l'évidence, pas un militaire. Il ressemblait plutôt à un majordome anglais du 19e siècle. Il se déplaçait avec prestance et affichait une allure aristocratique, très désuète au 21e siècle. Paul ne savait pas pourquoi, mais la présence d'Irias le rassurait. Il ne se souvenait pourtant pas l'avoir déjà rencontré, mais il lui semblait familier. Soudain Paul crut comprendre : la couleur de ses yeux ! L'homme avait les mêmes yeux qu'Oria et lui : un bleu cobalt intense, légèrement tigré de gris. Bien que le gris soit peut-être plus marqué chez Irias, mais la lumière artificielle du bateau ne permettait pas d'en voir plus.

- Nous avons beaucoup de choses à vous raconter, le coupa gentiment Oria. Irias, tu es incorrigible. S'amusa la jeune femme.

- Bon, ton altesse, tu prévois quoi pour la suite ? plaisanta Alex, cherchant à amuser la galerie pour décontracter l'ambiance. Il avait déjà un croissant à la main et en tendait un à son ami un peu médusé.

La faim eut raison de la grogne chez les adolescentes qui imitèrent les garçons et s'installèrent pour déjeuner. Elles n'en étaient pas moins furieuses et ne décrochaient pas un mot. La pause déjeuner dura presque quarante-cinq minutes et permit à tout le monde de relâcher un peu la pression. Les jeunes filles semblaient enfin un peu plus détendues, du moins en apparence, car Mélanie ne décolérait pas intérieurement. Stéphanie était plus curieuse qu'inquiète et observait chaque détail lui permettant d'affiner son jugement sur la situation.

Pendant ce temps, le yacht filait ses trente nœuds, à sa vitesse maximum, vers l'île des Canaries la plus proche.

Dès qu'il fut évident que tout le monde était rassasié, Darin proposa d'aller dormir un peu dans les cabines, mais, sans surprise, Paul temporisa et exigeait des réponses aux nombreuses questions qui le taraudaient.

- Allez vous coucher, proposa Paul à ses amis. Je reste pour en apprendre un peu plus, je vous raconterai.

Les deux adolescentes ressentaient le contrecoup de la tension et ne se firent pas prier pour aller se reposer dans les cabines doubles. Alex aurait bien aimé rester, mais il était, lui aussi, trop fatigué pour résister à l'appel du sommeil.

En fin de compte, Paul lança d'un ton n'attendant aucune réponse : *tout compte fait, je vais prendre une douche et je reviens. Nous avons un peu de temps, non ?*

- Je vais en prendre une aussi. Abonda Oria. Prends ton temps on ne va pas s'en aller, lui sourit-elle, essayant d'adoucir le moral du garçon.

- Très bien. Moi, je m'occupe de la surveillance avec Telius, fit Darin

Le jour s'était levé au large de la côte marocaine et il craignait d'être repéré par des gardes-côtes ou des drones ennemis.

Lorsque la salle à manger fut redevenue silencieuse, il interrogea Sarian

- Que prévois-tu après avoir fait le plein ?

- Nous allons à Madère pour brouiller les pistes. Ce sera plus compliqué de retrouver notre trace si nos adversaires entrent dans les systèmes informatiques des compagnies d'aviation françaises et espagnoles, répondit le chef du groupe.

Le plan prévoyait de faire escale à la marina de Los Coloradas au sud de l'île de Lanzarote, à un peu plus de soixante nautiques de la côte marocaine, car l'autonomie du First Episode ne permettait pas d'atteindre Madère sans ravitailler. Los Coloradas était une petite bourgade côtière à l'est de la ville très touristique de Playa Blanca et il y avait déjà de nombreux bateaux autour de l'île. La saison battait son plein et Sarian comptait se dissimuler dans l'intense trafic maritime.

Avec une vitesse maximum de trente nœuds, il faudrait au petit yacht moins de deux heures pour atteindre la côte de l'île espagnole. Sarian s'attendait à ce que les changements de pays compliquent la tâche de leurs poursuivants qui devaient vraisemblablement surveiller prioritairement les pays limitrophes : Algérie, Espagne et Mauritanie. Le trajet vers Madère devrait ensuite prendre un peu moins de seize heures, en fonction des conditions météorologiques : houle et orientation du vent.

- Et ensuite ? Voulut savoir Telius, revenu dans le grand salon.

- Nous verrons une fois sur place. Si les renforts de nos adversaires se manifestent ou si nous pouvons prendre le risque de louer un avion ou encore de faire venir le glisseur. Ajouta le chef du groupe. La fuite du Randor devrait faire diversion et tromper les impériaux, en leur faisant croire que nous avons quitté ce système.

- Il faut convaincre les ados de nous suivre de leur plein gré, car si nous devons les contraindre cela va sérieusement compliquer les choses. Souleva Darin.

- C'est surtout Mélanie qui bloque, les autres semblent plutôt accepter la situation. Affirma Telius.

- Oria ne peut rien faire ? interrogea le lieutenant de Sarian.

- Compliqué, avec les autres à proximité. S'ils ont l'impression qu'elle cherche à les contraindre, ils pourraient devenir récalcitrants à leurs tours. Fit Sarian.

- Bon, de toute façon, elle ne va pas sauter en pleine mer. Il faudra être vigilant à l'approche des côtes. D'ici là, essayons de les convaincre. Conclut Telius.

Sarian ne souhaita rien ajouter, car Paul revenait déjà dans la salle à manger et se resservit un nouveau café. Darin n'apprit donc rien de plus sur les détails du plan de fuite. Oria revint également et s'assit sans un mot, en face du garçon.

- Bien. Pendant que nous sommes au calme, j'aimerais bien que vous m'expliquiez toute cette histoire. Commença le jeune homme, d'un ton calme, mais ferme. Il était resté debout et semblait déterminé à dénouer cette affaire.

- Assieds-toi Paul. Lui demanda gentiment Sarian. Que connais-tu de tes origines ?

- Eh bien, comme je l'ai déjà dit à Oria : j'ai été trouvé à proximité d'un hôpital à Paris et j'ai été adopté. Mais elle m'a dit que vous connaissiez mon histoire avant cette période de ma vie. Répondit le garçon, avec une curiosité non dissimulée.

La jeune femme regarda longuement le jeune homme.

- Tu as beaucoup de choses à apprendre et ta véritable formation va commencer à partir d'aujourd'hui, lui dit-elle en le fixant droit dans les yeux. L'intensité de son regard mettait Paul mal à l'aise et renforçait sa colère.

- Commencez par me dire qui vous êtes et de quel pays je viens ! répondit-il, un peu irrité, en essayant de soutenir son regard.

En réponse la jeune femme se concentra et lui lança une puissante sonde mentale. [*Défends-toi Paul !*]

Il ressentit soudain une violente douleur à la tête comme si une aiguille, chauffée à blanc, s'était plantée dans son cerveau. Dans un premier temps, il chancela sous l'attaque invisible puis eut la sensation que son esprit se dédoublait. Il percevait les personnes présentes comme derrière un brouillard. Seule, la jeune femme rayonnait dans cet étrange environnement.

[*NON !*] S'insurgea-t-il en même temps qu'il projetait, vers elle, une puissante énergie psychique incontrôlée.

Oria fit un bond en arrière et s'écroula sur le sol en gémissant et en soutenant sa tête avec ses deux mains.

Sarian se porta immédiatement à son secours et cria à Darin : *vite, il faut lui mettre rapidement une résille* Kries *sinon elle risque de perdre la raison.* Il avait soudain l'air paniqué, lui qui avait, jusqu'ici, toujours réagi avec un calme olympien.

Darin sortit aussitôt une sorte de filet argenté, d'un sac posé près d'une cloison, et couvrit la tête de la jeune femme qui gémissait toujours. Dès que le filet fut posé sur sa tête, elle sombra dans un sommeil sans rêves. Sa respiration était faible et Paul pensa qu'elle était dans une sorte de coma artificiel.

- Descendons là dans une cabine. Elle en a au moins jusqu'à Madère, si elle récupère. Ajouta Sarian, visiblement très inquiet. Paul, attends-nous ici s'il te plaît, lui intima l'homme.

- Je n'ai pas voulu lui faire du mal, je ne sais même pas ce que je lui ai fait, répondit-il totalement hébété.

- Nous le savons Paul. Je lui avais demandé de ne pas essayer, mais elle ne m'a pas écouté, grommela Sarian en emmenant la jeune femme dans la coursive menant aux cabines et coupant ainsi cours à d'autres questions.

Tester quoi ? demanda benoîtement l'adolescent, à la porte du carré qui s'était refermée sur les trois adultes.

Paul ne tenait plus en place en attendant le retour des deux hommes. Il tournait en ronds dans le carré et était réellement inquiet pour la jeune femme qu'il appréciait malgré les circonstances. C'était même auprès d'elle qu'il se sentait le plus à l'aise dans cette étrange situation. Il y percevait une sorte de complicité inconsciente avec cette jeune femme, comme un lien invisible.

*

Chapitre 7

Darin et Sarian étaient partis depuis moins de dix minutes, mais, pour Paul, l'attente devenait insoutenable. Totalement déboussolé par la série d'évènements et par ce qu'il semblait avoir provoqué, il n'était pas loin de craquer nerveusement.

Il se sentait vidé par l'altercation, bien qu'il n'y ait eu aucun échange physique. Après quelques secondes de flottement où il eut peur de perdre connaissance, il ressentit soudain comme une bouffée d'adrénaline. Il eut brutalement l'impression que l'on venait de le shooter à la vitamine. Sa fatigue disparut et il se sentit de nouveau prêt à affronter le monde entier.

Les deux hommes revinrent enfin alors que Paul avalait son 3e croissant, répondant à une faim aussi soudaine que dévorante.

- Que m'avez-vous fait ? Demanda-t-il la bouche pleine. Son visage exprimant une vive inquiétude.

- Nous ne t'avons rien fait, lui répondit calmement Darin

- Alors qu'est-ce que j'ai fait à Oria ? Voulut savoir le garçon

- Elle a souhaité tester tes aptitudes psychiques pour vérifier si tu étais capable de te défendre, et avec quelle intensité. Le résultat a été, malheureusement pour elle, au-delà de nos attentes. Car, même non éveillées, tes capacités te placent déjà dans un cercle très restreint d'individus. Répondit Sarian, en le fixant avec attention.

- Mais qu'est-ce que c'est que cette histoire de facultés psychiques ? s'énerva Paul, qui avait besoin de se défouler sur quelqu'un.

- Paul, tu vas avoir beaucoup de mal à nous croire alors nous allons faire simple. Commença posément Sarian. Tu es le survivant d'une lignée génétiquement modifiée depuis trois cent cinquante siècles, équivalents terrestres, qui a porté les éléments les plus puissants depuis la découverte des glandes psykanes. Continua-t-il en essayant de trouver des mots rassurants, malgré l'incongruité de son discours.

- Trente-cinq mille ans ! Mais l'homme vivait encore dans les cavernes ! C'est ridicule, votre histoire. Se mit à rire nerveusement le garçon, ébranlé par les paroles de son interlocuteur.

Ce dernier sourit.

- Sur cette planète en effet. Mais d'où nous venons, c'est le début de l'Empire d'Ildaran.

- D'où venez-vous ? Parce que vous allez avoir du mal à me faire croire que vous venez d'une autre planète ? fit Paul d'un air dédaigneux. Pourquoi pas d'une autre galaxie ? Vous avez abusé de drogue, vous faites partie d'une secte ? Malgré ses fanfaronnades, le jeune homme commençait néanmoins à se sentir très mal à l'aise.

- Nous n'essayons pas de te mentir Paul. Nous venons bien d'une autre planète située dans cette galaxie, dans un autre bras spiral que les astronomes d'ici appellent : bras Règle-Cygne. Ajouta Darin.

- Vous comprendrez que vos propos ont de quoi me rendre sceptique, rétorqua Paul, qui commençait à regretter de les avoir suivis jusqu'ici. – Ces gens sont totalement timbrés, il faut que l'on quitte le bateau - pensa-t-il.

Suis-nous sur le pont. Tu ne risques rien. Nous n'avons pas fait tout cela pour te nuire maintenant. *Proposa Sarian.*

Bien que déstabilisé par les propos des deux hommes, la justesse du raisonnement et la curiosité incitèrent Paul à les suivre. De toute façon, ils tenaient Stéphanie et ses amis, installés dans les cabines et, pour le moment, il n'y avait rien d'autre à faire que de les écouter.

Ils s'assirent tous les trois autour de la petite table, sur le pont arrière, et Paul les observa attentivement. Il apprécia être à l'extérieur, malgré la nuit. Le vent marin lui fouettait le visage et les senteurs de l'océan saturaient ses sens de parfums iodés. Les mouettes commençaient à voler autour du navire à l'affût de nourriture et il eut même l'occasion d'apercevoir brièvement un dauphin. Il faisait assez frais malgré la latitude, mais il ne ressentait pas le froid. Il n'eut cependant pas le loisir de réfléchir plus avant à la situation, car Sarian reprit son récit.

- Paul commença l'homme. Nous allons essayer d'être concis, car nous serons bientôt en vue de Lanzarote et je souhaite que vous restiez à l'abri des regards.

Sarian craignait qu'un drone orbital de surveillance capte l'image de l'adolescent et déclenche l'alarme. Il connaissait parfaitement la sophistication des senseurs impériaux.

Il commença par donner à Paul son véritable nom : Ishar Verakin. Il continua en lui expliquant qu'il était le fils cadet du dernier empereur issu de la famille Verakin. Sa famille avait été entièrement décimée, à part lui, quelque dix-sept années plus tôt, en équivalents terrestres, lors d'un coup d'État orchestré par une famille rivale qui s'était emparée du pouvoir sur Ildaran Prime.

Sarian continuait sans s'interrompre.

- L'Empereur actuel est issu d'une autre vieille famille, rivale de la tienne depuis plus de trente-cinq mille ans. Lorsque l'attaque de notre planète mère a commencé, ton véritable père, le dernier empereur légitime, nous a demandé de t'emmener loin d'Ildaran Prime et de te cacher jusqu'à ce que tu sois prêt à combattre pour reprendre le trône.

Au vu des évènements ces dernières heures, Sarian reconnut avoir partiellement échoué, car Paul avait été découvert avant d'être prêt à affronter son destin.

- Jusqu'ici, la famille Seravon pensait que tu étais mort, bien que ton corps n'ait jamais été retrouvé. Maintenant qu'ils te savent vivant, ils vont lancer les forces de la Sécurité Impériale à tes trousses, dans tous les systèmes répertoriés par l'Empire. Poursuivit-il.

Paul se sentait de plus en plus mal à l'aise. *Ils sont vraiment germés*, pensa-t-il. *Il faut vraiment que l'on quitte ce navire dès que possible. Mais en attendant, je dois leur laisser croire que je rentre dans leur jeu afin de ne pas éveiller leur méfiance.*

- Admettons. Alors comment suis-je arrivé sur Terre et qui sont ces gens après moi ? Reprit Paul à voix haute

- C'est nous qui t'avons amené sur cette planète il y a dix-sept années terrestres, répondit Sarian

Darin prit la suite :

- Les personnes qui te traquent sont des militaires de la marine spatiale en poste sur Terre. Ces hommes ont pu intervenir rapidement parce qu'il y a, sur chaque planète habitable répertoriée, une petite base de l'Empire chargée de faire respecter la non-ingérence des civilisations préspatiales et de rechercher des traces archéologiques d'interventions non humaines.

Sarian ajouta qu'heureusement il ne s'agissait que d'un petit détachement de soldats peu entraînés et équipés avec du vieux matériel. Malheureusement, la neutralisation de deux de leurs hommes avait confirmé que la cible était bien un Verakin et qu'il était protégé par une petite équipe de gardes d'élite. Ils devaient avoir donné l'alerte et l'Empire allait dépêcher des membres des services spéciaux qui seraient bien plus coriaces et surtout beaucoup mieux équipés et plus nombreux. L'Empereur actuel et sa famille ne pouvaient, en aucun cas, se permettre de voir réapparaître un héritier Verakin.

- Vous voulez me dire qu'une bande de soldats sous-équipés nous sont tombés dessus par hasard ? demanda Paul, un peu subjugué par cette incroyable histoire.

- Non Paul. Pas par hasard. Leurs logiciels de surveillance avancés ont assurément détecté une correspondance morphologique avec ta famille dans les images du reportage tourné dans ton lycée. Heureusement, ils n'étaient pas certains de ton identité et ne s'attendaient pas à nous affronter, sinon ils seraient venus mieux armés. Répondit Darin

Mais comment pouvaient-ils connaître mon visage si j'ai quitté votre planète à l'âge de douze mois ? *s'étonna l'adolescent.*

Sarian lui expliqua que la technologie ildarane était très sophistiquée et permettait de reconstituer la morphologie des individus à partir de l'ADN. Comme l'ADN des Verakin était conservé dans les bases sanitaires de l'Empire, il n'avait pas été difficile d'intégrer ses données physiologiques dans le mécanisme de surveillance. Néanmoins, sans comparaison effective de son ADN, il était impossible d'être positif à cent pour cent et le détachement local avait pu croire à une fausse alerte. Les soldats locaux avaient, malgré tout, le devoir de vérifier et s'étaient lancés à sa poursuite.

- L'équipe locale ne nous inquiète pas trop. Par contre, ceux qui vont arriver prochainement de l'espace vont modifier le rapport de force en notre défaveur. Ajouta l'homme qui paraissait être le chef du groupe.

- Pourtant l'homme qui a combattu Oria à Marrakech m'a semblé plutôt efficace, fit remarquer Paul, qui trouvait cette histoire totalement délirante, mais se laissait entraîner par la curiosité. Le jeune homme continuait la conversation afin d'en savoir un peu plus sur cette équipe de farfelus qui pouvait s'avérer dangereuse, s'il les contrariait ouvertement.

- Oh non. Il était très lent selon nos standards. Il devait avoir reçu l'injection d'un package Nanocrytes de niveau trois ou quatre maximum, sourit Darin.

- Oh là là ! Ça fait trop de questions à poser. Vous m'embrouillez avec vos histoires : je ne sais même plus par quel bout commencer. Qu'est-il arrivé à Oria ? Chercha à savoir le garçon.

- Tu t'es défendu sans maîtriser des facultés psychiques et tu as relâché trop d'énergie. Tu aurais pu la tuer. Il va te falloir apprendre à canaliser cette énergie, car tu es issu d'une lignée de psykans parmi les plus puissantes qu'Ildaran ait produite.

- Vous aussi, vous avez cette faculté ? demanda le jeune homme curieux et inquiet à la fois.

- Non. Il n'y a qu'Oria, dans notre groupe, qui en soit dotée, car elle est issue d'une branche de ta famille. Répondit Sarian.

Il lui expliqua que seules les grandes dynasties de l'Empire avaient les moyens et la longévité pour entreprendre les modifications génétiques qui offraient cette capacité au bout de plusieurs générations. Irias possédait également quelques aptitudes de perception, mais à un niveau insignifiant. Il précisa ensuite que peu de familles comme les Verakin et les Faraï étaient améliorées depuis l'origine de cette technologie, trois cent quarante siècles plus tôt, et qu'il n'y avait que huit grandes dynasties aussi anciennes. Au cours de l'histoire d'Ildaran, les Verakin avaient toujours produit les psykans les plus puissants.

- Et comment se fait-il que vous soyez aussi rapide ? Questionna Paul, qui avait encore en mémoire la réaction de Darin dans le jardin du club de Marrakech.

- Ce n'est pas lié aux facultés psychiques : c'est une autre amélioration artificielle. Nous recevons tous à la naissance une injection de nanorobots organiques, appelés Nanocrytes, qui augmentent nos capacités physiques. Nous avons également été conditionnés pour pouvoir résister temporairement à une injonction mentale et, en cas de besoins, nous disposons de résilles de protection qui nous protège d'attaques mentales de moyennes intensités. Précisa Darin.

Sarian enchaîna les explications. Tous les habitants de l'empire recevaient à leur naissance un package de niveau 1, qui était le niveau médical de base. Ces Nanocrytes permettaient de combattre les infections, de guérir et de cicatriser rapidement, de retarder l'effet de fatigue et surtout : prolongeaient l'espérance de vie.

- Tu dois déjà avoir remarqué que tu n'es jamais malade et qu'en cas de blessures tu cicatrises plus rapidement que la moyenne ? L'interrogea Darin.

- Oui en effet. Stéphanie me le fait souvent remarquer et cela a toujours intrigué Lionel, notre vieux médecin de famille. Répondit machinalement Paul, un peu troublé.

- Je ne sais pas précisément quel package on t'a injecté avant que nous ne quittions Ildaran Prime, mais tu possèdes au moins le niveau 1, comme tous les habitants de l'empire. Affirma Sarian.

- Et combien de niveaux y a-t-il ? Voulut savoir Paul, qui commençait à se prendre au jeu. On pourrait faire un film avec une histoire pareille, pensa-t-il.

Darin relaya Sarian.

- Il y a sept niveaux de Nanocrytes, mais le dernier niveau est réservé aux membres de la famille impériale et aux huit grandes familles. Le niveau six est injecté aux forces de la Sécurité, le niveau cinq aux forces de police spatiale puis viennent ensuite différents niveaux selon la position et les moyens financiers des individus.

- Vous avez quel niveau ? s'enquit Paul, passionné par les détails fournis par les deux hommes.

- Nous sommes tous de niveau six, car nous faisions partie de la garde qui protégeait directement ton père. Fit Darin.

Mais c'est impossible : il a été tué il y a dix-sept ans et vous avez quoi ? Vingt-huit ? Trente ans ? *Rétorqua Paul, agacé de s'être laissé embarqué dans ce récit délirant.*

Sarian sourit affectueusement. *Non jeune Paul. J'ai à peu près cent trente-six ans, équivalent terrestre.*

- Cent trente-six ans ! Mais c'est impossible. Tout se bousculait dans l'esprit du garçon. Je ne dois pas les contrarier : ils pourraient devenir dangereux, songea-t-il.

- Beaucoup de choses sont possibles en génétique, tu sais. C'est une question d'avancée technologique. Nous savons que de nombreux scientifiques terriens travaillent sur ces sujets et qu'ils découvriront un jour comment augmenter plus largement l'espérance de vie. Répondit Sarian, qui lui précisa comment les évolutions génétiques depuis trente mille ans avaient permis de prolonger la durée de vie jusqu'à plus de six cents ans, équivalent terrestre.

- Six cents ans, ce n'est pas possible ! lâcha Paul incrédule, avant de se fustiger et penser : arrête de t'énerver, ces gens sont complètement cinglés.

C'est à ce moment que Telius revint du poste de pilotage et les interrompit. *Nous approchons des côtes espagnoles et il y a beaucoup d'embarcations. Il faudrait que Paul redescende dans sa cabine et que personne ne se montre.*

Telius a raison. S'il te plaît. Va rejoindre ton amie Stéphanie et restez dans vos cabines jusqu'à ce que nous ayons quitté la côte de vue. Fit Darin en se mettant de côté pour le laisser accéder à la coursive centrale. D'où il se trouvait, Paul apercevait la côte de l'île espagnole à travers un des hublots du salon et, en effet, ils n'en étaient plus très loin.

Chapitre 8

En chemin vers les cabines, Paul commença à échafauder un plan pour quitter le bateau. Il songeait qu'ils auraient dû être plus méfiants et écouter Mélanie, mais maintenant il fallait rapidement rectifier le tir.

En premier lieu : réveiller ses trois amis et se regrouper dans la même cabine afin de pouvoir sortir tous ensemble. L'adolescent était inquiet, car l'histoire racontée par ces inconnus prenait une tournure invraisemblable qui l'incitait à imaginer qu'ils étaient peut-être de dangereux fanatiques illuminés.

Paul se savait plus quoi penser. Ces hommes avaient mis en œuvre une énorme logistique pour de simples mystificateurs, mais il ne parvenait pas à croire à cette extravagante histoire d'extraterrestres. Il s'agissait certainement d'une secte, mais, quoi qu'ils veuillent, il était préférable de leur échapper au plus vite.

L'adolescent s'approcha de son amie endormie et l'a secoua délicatement « *Steph, réveille-toi.* »

- Nooon… laisse-moi dormir encore un peu …»

- Lève-toi, je te dis. Il faut quitter le bateau et je dois réveiller Alex et Mélanie, insista-t-il, un peu brusquement, en laissant transparaître son inquiétude.

- Nous sommes encore attaqués ? Interrogea la jeune fille, soudain sur le qui-vive.

- Non, mais nous allons devoir nous échapper. Je crois que ces gens sont complètement fous et peut-être dangereux. Lui répondit Paul en essayant de rester calme.

- Tu veux quitter le yacht maintenant ? Cette fois, c'était à Stéphanie de ne plus rien comprendre.

- Oui. Nous serons bientôt sur le territoire espagnol. Il ne devrait pas être trop difficile de se faire rapatrier en France, même sans nos passeports. Affirma Paul, sans croire totalement à son discours.

- Et s'ils avaient raison et que quelqu'un cherche effectivement à te tuer ? rétorqua la jeune fille, toujours incertaine sur la conduite à suivre.

Paul lui fit un rapide résumé de la conversation et de l'histoire d'extraterrestres, des gardes impériaux et d'une soi-disant conspiration intergalactique. Il lui fit part de sa théorie sur leur appartenance à une secte et du danger à rester avec eux.

- Ah oui quand même ! En effet, ça fait peur. Avoua la jeune femme, maintenant totalement réveillée.

- Habille-toi. Je vais réveiller discrètement les autres.

- D'accord, reviens vite. Lui répondit-elle en lui glissant un baiser, inquiète.

Paul ressortit silencieusement de la cabine, mais tout se bousculait dans sa tête et il ne pouvait s'empêcher de penser à ce qui était arrivé à Oria. – Ce doit être un coup monté, elle simule pour me culpabiliser et me faire accepter leur histoire. Le combat à Marrakech a probablement été monté dans le même but. En tous les cas, ils y ont mis les moyens - pensa-t-il.

Cette explication, plus rationnelle, le rassurait et il avait déjà occulté l'étrange arme utilisée pour détruire la roue de leur poursuivant, dans la cité marocaine. Il entrouvrit la porte de la cabine de ses amis. Celle-ci grinçait légèrement, mais cela ne réveilla ni Mélanie ni Alex. Paul secoua doucement ce dernier pour essayer de le réveiller, mais l'adolescent ne bougea pas. Sont-ils drogués ? songea l'adolescent alors que son ami commençait à remuer.

- Qu'est-ce que tu veux ? Lui demanda Alex, la voix encore embrumée de sommeil.

Paul lui résuma rapidement la situation et Alex réveilla aussitôt Mélanie. La jeune femme ne se fit pas prier, satisfaite que les garçons prennent enfin conscience du danger à rester avec ces inconnus. Les trois jeunes gens retrouvèrent Stéphanie dans sa cabine, quelques secondes plus tard, et

Paul leur précisa immédiatement ses intentions. *Nous allons attendre d'être amarrés à quai. Le yacht ne pourra plus manœuvrer et il nous sera plus facile de sauter à terre. Ensuite, on fonce le plus vite possible vers la capitainerie ou ce qui ressemble à un bureau officiel. Ils ne devraient pas prendre le risque de nous poursuivre en plein jour. Puis on cherche un bureau de police et l'on explique notre cas. Nous devrions être à Paris pour dîner.* L'adolescent semblait ravi de son plan.

Alex avait écouté son ami, mais restait malgré tout circonspect :

- Ces gens semblent avoir investi beaucoup de temps et d'argent dans cette opération. Tu crois qu'ils vont nous laisser partir aussi facilement ? Il est probable que, dès que nous aurons accosté, l'un d'entre eux descendra nous surveiller. Ils n'ont qu'à se poster dans la coursive avec une arme et nous serons coincés.

- Que proposes-tu dans ce cas ? demanda Mélanie.

- Il faut quitter le bateau avant qu'il ne soit entré dans la marina et gagner la côte à la nage. Ils ne pourront pas nous suivre avec le yacht à cause du tirant d'eau. Répondit Alex avec assurance.

- Ils peuvent nager à notre poursuite ou utiliser l'annexe, objecta Stéphanie.

- Je ne pense pas qu'ils utiliseront l'annexe. Ce serait le meilleur moyen de se faire repérer d'autant que la douane doit surveiller le coin : nous sommes proches de la frontière marocaine. Pour nous par contre, ce serait idéal si on était récupérés par les gardes-côtes espagnols. Répondit Alex, qui semblait avoir pris la situation en main.

- Tu as raison, c'est un meilleur plan que le mien. Conclut Paul, surpris par le sang-froid de son ami.

Le jeune homme s'approcha du hublot de la cabine pour découvrir qu'ils étaient maintenant tout près de la cote de Lanzarote.

- Bon. Nous devrions pouvoir quitter le bateau d'ici un quart d'heure. Rapprochons-nous de l'écoutille du pont avant : nous sauterons dès que possible. Fit Alex, qui prit la tête du petit groupe.

Les quatre adolescents se dirigèrent vers l'avant du bateau, mais il leur fallut patienter presque dix minutes avant que le Yacht ne se soit rapproché suffisamment de la digue de la marina.

- Nous sommes près de l'entrée de la marina. Il va falloir y aller bientôt, ils ne pourront plus manœuvrer dès que nous serons entrés dans le chenal souligna l'adolescent tout en se hissant sur le pont avant du First Episode.

En effet, le navire arrivait par l'est et devait remonter au cap ouest-nord-ouest puis longer la digue pour entrer dans le port. On en apercevait déjà l'entrée où se trouvait une aire d'héliport.

- Le bateau va devoir virer à tribord pour entrer dans le chenal. Nous en profiterons pour sauter à ce moment-là et nager droit vers la plage. Reprit Alex.

Quelques secondes plus tard, sans surprise, le First Episode commença à virer et les quatre adolescents se ruèrent aussitôt sur le côté bâbord du pont avant. Sans attendre, ils se jetèrent à l'eau et se mirent à nager rageusement vers la plage. Stéphanie, nageuse émérite, avait pris la tête, suivie de Paul.

C'était un endroit très touristique et l'on apercevait les hôtels de luxe, alignés le long de la plage jusqu'à la ville de Playa Blanca, toute proche.

Tout s'était déroulé suivant le plan d'Alex, mais le bruit des plongeons avait alerté Telius depuis le poste de pilotage. Celui-ci s'élança sur bâbord arrière pour suivre des yeux les adolescents qui cherchaient à mettre une distance maximum entre eux et le yacht et prévint aussitôt ses complices.

- Darin ! Plonge à leur poursuite. Nous n'avons pas le temps de détacher l'annexe ni de virer. Suis-les et ne te fais pas remarquer par la police locale. Ordonna Sarian.

- Je m'en occupe. De toute façon, je ne peux pas les perdre avec les nanotraqueurs qu'ils ont ingérés. Répondit l'homme, qui attrapa une sorte de poignée prolongée par un cylindre et plongea immédiatement dans les eaux du petit port de plaisance.

Stéphanie nageait toujours en tête et aucun des adolescents n'avait pu voir s'ils étaient poursuivis. Ils pensaient avoir au moins une minute d'avance et se rapprochaient rapidement de la plage, maintenant toute proche. Après un dernier effort, les quatre jeunes gens prirent pied sur le sable.

- Nous sommes en face d'un grand hôtel. Fit Paul, qui était le seul à ne pas être essoufflé. Essayons de nous fondre dans la foule : ils auront plus de mal à nous contraindre à les suivre, s'ils nous retrouvent. Ensuite, nous essaierons de nous glisser dans une chambre et de prendre de quoi nous changer.

- Tu veux que nous dérobions des habits ? s'indigna Stéphanie, qui venait de se redresser.

- Nous n'allons pas nous rendre au commissariat tout mouillé ! En plus on peut essayer de s'en sortir nous-mêmes, si nous parvenons à appeler les parents depuis un hôtel. On pourra dire que nous avons perdu nos passeports ? argumenta Paul.

- Ça ne marchera pas. Nous ne sommes pas venus sur cette île par avion et ne sommes pas enregistrés dans un hôtel. On va nous considérer comme des clandestins. Lui rétorqua Alex.

- D'accord. Dans ce cas, essayons au moins de trouver des vêtements et nous irons au commissariat, déposer plainte, et tâcher de nous faire rapatrier sur Paris. Proposa Mélanie.

Les quatre adolescents s'avançaient déjà vers l'hôtel lorsqu'ils aperçurent Darin tranquillement assis sur le sable, les jambes repliées entre ses bras. Paul s'immobilisa et scruta le bord de mer à la recherche d'autres membres de l'équipe, mais l'homme semblait seul. Les adolescents n'en furent pas moins étonnés de voir qu'il était parvenu à arriver avant eux, sans se faire remarquer.

- Vous avez été long. Se moqua-t-il gentiment, en les voyant approcher lentement, l'air contrit.

Paul manqua de s'étrangler en l'invectivant. *Mais comment êtes-vous arrivé ici plus vite que nous, sans que nous vous voyions ?*

- J'ai nagé sous l'eau et j'ai un propulseur sous-marin. Répondit l'homme en agitant la poignée prolongée par le cylindre. Il se leva et commença à se rapprocher d'eux.

- Stop !lui intima Paul. Sinon on appelle au secours.

- Ne soyez pas ridicules. Nous ne vous voulons aucun mal. Calmez-vous. Répondit Darin en s'immobilisant, paumes ouvertes, dans une attitude volontairement non menaçante.

Les adolescents s'étaient mis en marche vers l'ouest de la plage avec l'intention de le contourner, mais celui-ci les accompagna sans chercher à les intercepter. Paul réfléchissait à toute vitesse, mais il n'arrivait pas à se décider sur l'attitude à adopter.

- Vous ne comptiez pas que je crois votre histoire d'extraterrestres quand même ? lança-t-il, un peu agacé de s'être fait rattraper si facilement.

- Écoutez-moi tous les quatre. Vous êtes vraiment en danger et nous sommes ici pour protéger Paul et vous aussi, par la même occasion, tant que vous serez avec lui. Répliqua le second de Sarian.

- Nous ne croyons pas à votre histoire de tueurs, lança Mélanie.

- Alors comment expliquez-vous la poursuite dans Marrakech ? Et l'état d'Oria après que Paul lui ait pratiquement grillé le cerveau ? demanda l'homme, en fixant Paul.

- Qu'est-ce que c'est que cette histoire avec Oria ? Voulut savoir Alex qui ignorait tout de l'épisode, entre son ami et la jeune femme.

- Vraisemblablement une mise en scène pour me faire croire à leur histoire afin que nous les suivions sans résistance. Répondit l'adolescent qui cherchait encore une explication rationnelle à cette étrange altercation.

- Allons, Paul, dans quel but ferions-nous tout cela ? N'est-ce pas toi qui nous avais dit être un adolescent ordinaire ? Vos parents ne sont pas riches. Vous n'êtes pas non plus un enjeu politique. Et enfin, si nous avions voulu vous enlever, pourquoi revenir en Europe ? Cela aurait été plus simple de nous diriger vers une zone inhabitée, comme le nord de la Mauritanie ou l'Algérie, mais pas en Espagne et encore moins dans une zone hyper touristique. Argumenta Darin, qui cherchait à apaiser la situation en leur montrant la foule sur la plage et les hôtels du littoral.

- Il n'a pas tort sur ce point. Nota Alex, resté calme et sûr de lui.

- Cela ne lui donne pas, pour autant, un blanc sein sur le reste, rétorqua Mélanie, toujours sur la défensive.

- OK, temporisons. Continuons à marcher sur la plage et rapprochons-nous d'un hôtel. Je préfère discuter au milieu des touristes, suggéra Paul.

- C'est une sage décision. Séchons un peu sur la plage et entrons dans celui qui est face à nous, si vous voulez. De toute façon, nous avons un peu de temps pendant que Sarian fait le plein du First, proposa Darin.

- Éloignez-vous un peu que l'on en discute tous ensemble pendant quelques minutes. Si l'on voit arriver l'un de vos hommes, on ameute toute la plage. Prévint Paul.

- Pas de souci, je te le répète : nous sommes ici pour te protéger. Discutez-en entre vous, mais faites vite. Ce serait idiot de se faire repérer à découvert sur une plage, si belle soit-elle. Je reste assis ici. Paul, surtout ne lève pas la tête et ne regarde pas le ciel, je t'expliquerai plus tard. Darin s'assit en tailleur sur le sable et attendit patiemment, mais sous sa tranquillité apparente tous ses sens étaient en éveil, à l'affût du moindre danger.

Il craignait par-dessus tout qu'un drone orbital ne détecte la correspondance morphologique de Paul si celui-ci levait la tête. Maintenant que les impériaux avaient la confirmation de l'identité de leur cible, tous les systèmes de surveillance de la base impériale devaient avoir été activés et Darin ne connaissait que trop la sophistication et l'efficacité de la technologie de ses semblables.

Les quatre adolescents s'éloignèrent d'une dizaine de mètres et essayèrent de faire le point. Mélanie était toujours décidée à s'enfuir et essayait de convaincre son compagnon. Stéphanie était inquiète et partagée, car elle craignait d'être en présence d'illuminés, malgré certains éléments très réalistes dans leurs discours. Alex tentait de réfléchir plus calmement, mais il lui manquait trop d'éléments pour prendre une décision raisonnée et Paul était, pour la première fois de sa vie, totalement indécis alors que son avenir se jouait probablement en ce moment. Il avait le sentiment inconscient qu'il pouvait faire confiance à Oria, Sarian et Darin, mais il se méfiait quand même de ses propres intuitions, surtout que leur récit était totalement incroyable.

Au bout de quelques minutes, Darin les héla gentiment en désignant sa montre.

- Il n'y a pas d'urgence absolue, mais on ne peut pas rester ici éternellement. Qu'avez-vous décidé ? demanda-t-il, malgré tout, inquiet par la réponse.

- Encore une minute. Temporisa Paul

- Pour le moment, ils n'ont pas été agressifs avec nous et Darin à raison : s'ils nous avaient voulu du mal, ils ne nous auraient pas emmenés ici. Intervint Alex.

- Moi je ne retourne pas à bord, objecta Mélanie.

- Je simplement réfléchi à haute voix, mais s'ils ont raison à propos de Paul et qu'il y a réellement des gens malintentionnés à ses trousses, on ne peut pas réapparaître comme ça. Je ne pense pas qu'ils se soient donné autant de mal dans la mise en scène simplement pour nous enlever. Et dans quel but d'ailleurs argua Alex

- Ca d'accord. Mais cette histoire d'extraterrestre, c'est un peu gros non ? fit Stéphanie.

- Oui c'est même le seul point qui me fait douter de leur sincérité, car à part ça ils ont plutôt l'air saints d'esprit. Répondit Alex, l'air songeur.

- Il faudrait bouger, on pourrait s'étonner de nous voir tout mouillés et habillés sur la plage. Intervint Darin, qui commençait à s'impatienter et redoutait de voir arriver la police locale. Je vous propose d'entrer dans cet hôtel et de faire le point tranquillement.

- Bon d'accord, mais pas de coup fourré. Et on reste à proximité de la foule. Proposa Paul, qui restait méfiant.

- Je vous accompagne, mais au moindre signe suspect je hurle, répondit Mélanie, qui ne voulait pas rester seule.

Darin ne répondit pas et leva les bras en signe de résignation.

En plein soleil, la chaleur commençait à augmenter et ils traversèrent la plage en direction d'un luxueux hôtel 5 étoiles appelé Princesse Yaiza. Le bâtiment principal était conçu dans le style colonial des îles Canaries avec deux grandes piscines centrales bordées par deux rangées de chambres aux balcons pittoresques. Darin leur proposa d'entrer dans l'enceinte de l'établissement.

Son téléphone portable se mit soudain à sonner. Le mobile devait être étanche pour avoir résisté au bain, pensa Alex *Oui Sarian ?*

- Où es-tu ? demanda le chef du groupe.

- Nous sommes tous sur la plage, devant un hôtel touristique, en train de sécher, répondit l'homme.

- Ici, nous attendons l'ouverture de la station d'essence à 10h locale, je te rappelle dès que le plein sera fait

- OK, nous allons probablement faire un tour le temps de discuter un peu, fit Darin, qui coupa la communication.

Après un quart d'heure passé au soleil des Canaries, toute l'équipe était pratiquement sèche, mais les vêtements étaient tout fripés et pleins de sable.

- Nous sommes à peu près secs maintenant. Nous ne devrions pas trop nous faire remarquer à l'intérieur de l'hôtel, malgré nos habits en piteux états avança Alex

- Essayons de nous glisser dans une chambre et de nous changer si nous trouvons des habits. Suivez-moi, leur proposa Darin

- D'accord, mais, si je vois un de tes amis, nous hurlons immédiatement, lui répondit Paul encore sur la défensive.

L'hôtel était bondé, en cette période de vacances scolaires, dans plusieurs pays d'Europe, et le petit groupe put se faufiler à l'intérieur sans se faire remarquer.

Entrons ici au rez-de-chaussée, proposa Darin.

Ils s'engagèrent dans un couloir qui desservait les chambres les plus proches de la mer. Darin se rapprocha d'une porte et plaqua son téléphone portable sur la serrure à carte de la chambre, celle-ci se déverrouilla immédiatement. Ce n'est donc pas un téléphone classique, pensa Alex. Le petit groupe s'engouffra dans la suite et il se promettait de l'interroger sur ce téléphone multifonctions qui semblait sorti tout droit d'un film d'espionnage.

La chambre était une suite familiale meublée d'un grand lit à baldaquin en bois lasuré de blanc. Les murs, de couleur orangée, donnaient une tonalité chaude et ils pouvaient distinguer une seconde chambre attenante à la pièce principale. Darin alla immédiatement fouiller les penderies à la recherche de vêtements propres et secs.

Mélanie, Alex. Prenez la salle de bain en premier, *fit-il en leur tendant des habits grossièrement à leur taille.* Ceci devrait vous aller, nous verrons plus tard à trouver des vêtements plus adaptés.

Les deux adolescents se faufilèrent dans la salle de bain décorée d'un carrelage vert et de mobiliers de couleur wengé. La baignoire ronde à remous occupait presque la moitié de la pièce, mais les deux jeunes se dirigèrent ensemble vers la douche attenante pour se rincer de l'eau de mer et du sable qui leur collait à la peau. Alex eut fugitivement quelques pensées érotiques lorsque sa main s'égara sur le corps de sa maîtresse, mais il fut vite stoppé dans son élan par le regard courroucé de la jeune fille. Celle-ci ne prit même pas la peine de justifier sa réaction.

Après quelques minutes ils avaient retrouvé une allure plus présentable et laissèrent la place à leurs amis.

Paul avait eu quelques minutes pour réfléchir et commençait partiellement à croire Darin. Une mise en scène aussi élaborée pour les tromper n'avait aucun sens ni aucune justification plausible. Mais que faire ? *Nous ne pouvons pas simplement nous contenter de les suivre passivement, il faudra bien démêler cet écheveau tôt ou tard. Quelles preuves peuvent-ils nous apporter de leur sincérité ?* Le jeune homme butait sur ces interrogations, sans trouver de solutions à ce dilemme.

C'est avec toutes ces pensées qu'il partagea la douche avec Stéphanie, visiblement préoccupée, elle aussi. Ils n'avaient pratiquement pas échangé de paroles, mais leurs regards en disaient long sur leurs inquiétudes. À peine secs, ils enfilèrent les effets empruntés dans les armoires de la chambre dans un parfait silence qui symbolisait parfaitement leur profond malaise et sortirent rejoindre les autres dans la pièce principale.

Mélanie et Alex s'étaient isolés dans une chambre, mais Darin avait soigneusement laissé la porte entrouverte par sécurité ou peut-être pour mieux les surveiller.

Personne n'avait envie d'engager une conversation et Paul réfléchissait activement à la suite.

Darin ne prit pas la peine de se doucher, il se contenta de secouer le sable sur son corps et enfila des vêtements secs. Paul pensa immédiatement que l'homme avait peur de les laisser seuls, mais en réalité celui-ci ne craignait pas de les perdre, car les quatre jeunes avaient ingéré, à leur insu, un nanotraqueur organique qui permettait de les suivre en temps réel tant que le minuscule organisme serait actif. Il redoutait plutôt qu'ils se séparent, ce qui aurait considérablement compliqué sa mission.

Les quatre adolescents semblaient un peu assoupis par la douche et le relâchement de la tension accumulée depuis la veille au soir, mais, dès que Darin fut habillé, Paul le prit immédiatement à partie.

- Je crois qu'il est temps que vous nous apportiez un minimum de preuves de ce que vous nous avez raconté, attaqua l'adolescent.

- La démonstration va être courte, car je ne peux pas prendre le risque d'être repéré en utilisant des technologies trop sophistiquées, mais je vais essayer de vous convaincre. Paul, tu es ceinture noire d'Aïkido et de Karaté, tu es donc un adversaire redoutable. Attaque-moi sans retenue

- Vous êtes sûr, vous ne risquez pas d'être blessé ? interrogea l'adolescent sans s'étonner que l'homme soit informé de ces détails le concernant.

Pas par toi, en tout cas, *répondit Darin en souriant.*

Piqué au vif par le regard, un peu moqueur, de l'homme, Paul l'attaqua sans préavis et se retrouva au sol immobilisé, sans avoir compris ce qui lui arrivait.

- Comment avez-vous fait ? s'exclama-t-il.

- Mon organisme est artificiellement modifié par des Nanocrytes de combat qui accélèrent mes connexions nerveuses et renforcent ma puissance musculaire. Quelles que soient tes aptitudes en arts martiaux, tu ne peux même pas espérer me toucher. Je me déplace une virgule huit fois plus vite que toi. Lui fut-il répondu.

Il lâcha l'adolescent et fut soudain enveloppé du même champ irisé que Paul avait observé lorsqu'Oria combattait leur poursuivant en voiture à Marrakech.

Maintenant, prenez quelque n'importe quel objet et frappez-moi avec, *enchaîna Darin.*

Si les jeunes filles hésitèrent, Alex et Paul attrapèrent chacun un chandelier et tentèrent d'atteindre l'homme. Leurs coups rebondirent sur leur cible qui semblait être protégée par une barrière invisible.

- C'est un champ Horlzson qui m'isole totalement. Bon, j'espère que la démonstration vous a convaincu pour le moment. On essayera de faire mieux, plus tard. Maintenant, quittons cette chambre rapidement, ce serait dommage de se faire surprendre bêtement. Conclut-il.

Les adolescents se regardèrent incrédules, totalement désorientés par la dernière expérience. Alex, qui s'intéressait tout particulièrement aux nouvelles technologies et aux systèmes d'armes, n'avait jamais entendu parler de champ de force comme cela en dehors des films de science-fiction.

Ce système de protection situait immédiatement Darin dans le camp d'une grande puissance, car il était impensable d'imaginer un groupe de malfrats ou de terroristes posséder une technologie pareille.

Les deux garçons fixaient, avec une curiosité non dissimulée, le petit boîtier noir attaché à la ceinture de Darin. Le dispositif faisait environ trois centimètres sur deux, était épais d'à peu près cinq millimètres et totalement uniforme, sans aucune commande apparente. Ils se demandaient comment activer un tel système.

- Vous avez bien deviné. Nota l'homme avec un sourire. C'est bien ce petit boîtier qui génère le champ Horlzson. Nous vous fournirons à chacun un équipement similaire afin de vous protéger, mais pour le moment je propose de quitter l'hôtel et de marcher vers le port en attendant que le plein de gasoil soit terminé, reprit-il.

- Nous n'avons pas encore pris la décision de vous suivre, objecta Alex, qui cherchait à reprendre l'initiative après l'échec de son plan d'évasion. Il avait été impressionné par le champ de force et commençait à prendre au sérieux une partie de l'histoire de ces individus mystérieux.

- Rapprochons-nous toujours de la marina, cela ne vous engage à rien. Leur proposa l'homme.

La démonstration avait eu son petit effet et les quatre adolescents considéraient maintenant Darin différemment. Aucune secte, ou aucun mouvement idéologique, si puissant soit-il, ne pouvait avoir développé des technologies de cet acabit. Il s'agissait forcément d'un organisme gouvernemental, mais de quelle nationalité ?

Le fait que l'homme ait ajouté qu'ils allaient leur fournir un dispositif identique, rassura un peu Paul, car s'ils les équipaient d'un tel équipement c'est qu'ils ne devaient pas vouloir leur nuire, du moins à court terme. Il était en effet impossible d'imaginer les véritables motivations du gouvernement derrière ces hommes.

- Filons avant que les propriétaires de ces habits n'ameutent la sécurité, proposa Darin, en sortant de la chambre.

N'ayant rien à lui opposer pour le moment, les adolescents lui emboîtèrent le pas. Le groupe sortit tranquillement de l'hôtel, sans être inquiété, et s'engagea à pied sur la Calle del Cercado, à l'opposé du centre-ville de Playa Blanca.

Paul continuait à penser à la démonstration de Darin qui l'avait désarçonné. Il se savait un adversaire de taille et l'homme l'avait pourtant neutralisé aisément. Si ces individus disaient vrai, cela changeait notablement la nature de leur expédition et il eut une pensée angoissée pour ses parents adoptifs, car il redoutait que leurs poursuivants les aient interrogés. Il aurait souhaité pouvoir les contacter, mais il craignait d'attirer l'attention. L'esprit cartésien du jeune homme commençait à intégrer les conséquences de cette affaire et son instinct de préservation était en alerte.

Soudain, le téléphone de leur accompagnateur se mit à sonner et cela mit fin à ses sombres pensées. De nouveau Sarian, qui informait son subordonné que le plein du yacht était terminé et qu'ils étaient prêts à repartir. Darin observa les quatre adolescents et fut rapidement convaincu que son travail de persuasion n'était pas achevé. *Je te rappelle dès que possible* fut son unique réponse.

Le petit groupe marchait au milieu d'une foule de vacanciers décontractés qui se promenaient dans les rues de Playa Blanca. À cette saison, les îles Canaries étaient pleines de touristes et le groupe passait totalement inaperçu dans cette foule bigarrée et insouciante, loin de se douter que parmi eux un jeune homme était recherché par des hommes aux moyens quasi illimités.

Darin insista, une nouvelle fois, sur le danger à rester sur cette île.

- Si nous avions des intentions malveillantes, nous aurions pu nous débarrasser de vous, bien plus tôt. Et si nous avions voulu vous enlever, nous serions partis vers un endroit désert. Pas aux Canaries en plein milieu des touristes. Darin parlait calmement. Des individus veulent capturer ou tuer Paul et tous ceux qui seront avec lui seront éliminés en même temps, afin de ne pas laisser de trace. Le seul moyen de leur échapper, pour le moment : c'est de se fondre dans la population.

- Pourquoi en veulent-ils à Paul ? Ses parents ne sont pas riches et sa famille non plus. Questionna Stéphanie

- Comme je vous l'ai dit : ils veulent le supprimer, car il est l'unique héritier d'enjeux considérables. Il est difficile de vous en dire plus sans l'autorisation de Paul…

Le garçon se sentit soudain mal à l'aise, car, si sa compagne connaissait la vérité sur son adoption, Mélanie et Alex l'ignoraient et il avait toujours souhaité qu'il en soit ainsi. Cependant, compte tenu de la situation, il devait accepter de leur fournir tous les éléments leur permettant de se faire leur opinion.

- Vous pouvez le leur dire Darin. De toute façon ils l'apprendront bien assez tôt et, si ce que vous dites est vrai, il est préférable qu'ils connaissent la vérité. Lâcha-t-il finalement.

- Merci, Paul. Cela va nous simplifier les choses. En premier lieu, sachez que Paul a été adopté vers l'âge de douze mois. Commença l'homme.

- Quoi ! Paul, c'est vrai ? s'exclama Alex. Je suis ton meilleur ami, on se connaît depuis cinq ans et tu ne me l'as jamais dit ! s'indigna le jeune homme en coupant la parole à Darin.

Stéphanie ne broncha pas et Mélanie n'eut aucune réaction, se désintéressant visiblement du sujet.

- Désolé Alex, mais c'est mon jardin secret. Stéphanie était la seule, en dehors de ma famille, à le savoir. Je compte sur le secret dès que cette histoire sera terminée. Darin, continuez s'il vous plaît. Reprit Paul, signifiant d'un regard appuyé que le sujet était clos.

- Comme nous avions commencé à l'expliquer à Paul sur le bateau, il est l'unique héritier … d'un empire. Darin avait un peu hésité sur le terme à adopter, car il ne souhaitait pas que les adolescents en apprennent trop. Des clans rivaux ont éliminé sa famille, il y a dix-sept ans, et se sont emparés de son influence et de ses biens.

Sans entrer dans les détails, l'homme leur expliqua que ces individus seraient prêts à tout pour que Paul ne ressurgisse jamais au milieu de leurs affaires. Ils avaient ignoré jusqu'ici qu'il fut encore vivant, mais, maintenant que l'information était connue, ils allaient, sans aucun doute, mettre tout en œuvre pour l'éliminer.

- Cette histoire est quand même difficile à avaler non ? fit Mélanie en regardant, tour à tour, ses amis. Nous n'avons jamais entendu parler d'une famille d'industriel, ou d'homme politique, assassiné dans les dernières années. Cela aurait dû laisser des traces s'il s'agissait d'une famille importante.

- Cela ne s'est pas passé en Europe occidentale. Leur précisa Darin, peu convaincant.

- Et ces soi-disant ennemis, comment auraient-ils reconnu Paul s'il a disparu à l'âge de douze mois ? argumenta Mélanie toujours très méfiante.

- Ils disposent d'excellents logiciels de reconnaissance faciale et de simulation du vieillissement. Comme ils disposent déjà des données morphologiques des parents biologiques de Paul, la couleur très particulière de ses yeux a accru le pourcentage de correspondance possible. Répondit Darin. Ils n'étaient pas totalement certains que ce soit Paul lorsqu'ils sont venus vérifier à Marrakech. Mais nous avons facilement neutralisé leurs hommes et maintenant ils n'ont plus de doutes. S'ils parviennent à nous localiser, ils ne feront pas la même erreur de sous-estimer les moyens à mettre en œuvre pour le capturer ou le tuer. Compléta-t-il.

- Cela signifie-t-il que nous devons nous cacher ? intervint Alex, qui commençait un peu à paniquer et à prendre conscience de l'ampleur de la situation. Mais, et nos parents, nos études ?

- Je suis désolé, mais nous ne pouvons pas courir le risque que vous soyez interrogés par nos ennemis. Ils découvriraient immédiatement que nous allons à Madère. Mais rassurez-vous, c'est tout à fait temporaire en ce qui vous concerne. Lorsque Paul sera en sécurité, vous pourrez reprendre vos vies normales, si vous le souhaitez tenta de les rassurer Darin.

- Désolée, mais moi vous ne m'avez pas convaincu. Je respecte la décision des autres, s'ils veulent vous suivre OK, mais moi, je ne viens pas. Lâcha Mélanie, toujours butée et fermement décidée à ne pas se laisser influencer.

Paul tenta de temporiser en demandant plus d'explications :

- Darin, vous avez dit que j'étais héritier d'un empire et que ma famille avait été tuée, mais quel empire ? Financier ? Industriel ? Soyons sérieux : votre histoire d'extraterrestre ne tient pas debout. Dites-nous la vérité. Continua-t-il.

- Eh bien... Je conçois que vous ne preniez pas au sérieux ce que vous a dit Sarian, l'histoire est difficile à croire. Je veux bien vous en dire plus, mais pas avant que vos amis n'aient pris une décision. Pour le moment, il est préférable qu'ils en sachent le moins possible. Répondit l'homme.

- On tourne en rond là Darin : vous me racontez des histoires à dormir debout avec Sarian et dès que l'on veut parler sérieusement vous éludez la conversation. Leur rétorqua Paul.

- Je sais, mais nous n'avons plus le temps. Répliqua l'homme, très sérieusement. Je pense que vous avez accepté l'idée que nous ne vous voulons pas de mal. Rien ne vous empêche de venir avec nous sur le bateau et d'aller jusqu'à Madère. D'ici là vous pourrez décider vous-même de votre destin. Mélanie, si tes amis décident de nous accompagner, tu dois être solidaire avec eux. Tu ne peux pas réapparaître, car tu serais immédiatement identifiée et tu nous mettrais tous en danger.

- C'est facile de dire ça. C'est du chantage. Moi, je ne crois pas un mot de vos histoires. S'en prenant à ses amis : ne me dites pas que vous croyez ces tarés ! Et nos parents ? S'alarma la jeune fille, ils vont s'inquiéter sans nouvelle de notre part. Elle était visiblement très en colère et en voulait largement à ses amis de se laisser influencer.

- Ils vous croient à Marrakech et ne devraient pas s'inquiéter avant un jour ou deux. Largement le temps de faire le point ensemble, non ? essaya encore Darin.

- Calme-toi Mélanie. Je pense que Darin n'a pas tort : on ne risque pas grand-chose à les suivre jusqu'à Madère. Intervient Paul, qui avait mûrement réfléchi pendant cette dernière heure. Ils auront ainsi le temps de nous donner plus de détails sur cette histoire.

- Mais je te rappelle que c'est toi qui as voulu que l'on s'échappe du bateau ! Lui opposa l'adolescente, surprise par le soudain revirement du garçon.

- C'est vrai, mais maintenant j'avoue que je ne suis plus sûr de rien et je ne pense pas que nous soyons en danger avec eux. Répondit-il en passant sa main dans ses cheveux, d'un air embarrassé.

- Et vous deux ? demanda la jeune fille, se tournant vers Alex et Stéphanie.

Tour à tour, les deux jeunes gens se rallièrent à l'opinion de Paul. Ils ne savaient plus à quels saints se vouer et reconnaissaient implicitement qu'ils étaient peut-être réellement en danger. Pour finir, ils déclarèrent qu'ils allaient suivre leur ami, au moins jusqu'à Madère, ce qui leur laisserait plus de temps pour décider de la suite.

- Je ne suis pas d'accord avec vous, mais j'accepte le fait que nous sommes dans le même bateau, sans jeu de mots. OK, si vous êtes convaincus tous les trois, je vous accompagne, mais je me réserve le droit de quitter le bord à la prochaine escale. Décida l'adolescente, toujours soupçonneuse et contrariée.

- Bien. Fit Darin, soulagé. Dans ce cas, retournons sur le yacht sans tarder, le port n'est pas loin, nous y serons en quelques minutes de marche.

Darin était rassuré par la décision prise et n'ajouta rien de plus. Il ne fallut qu'une dizaine de minutes pour retourner au port à pied.

Sarian et Telius les attendaient sur des transats, tranquillement en train de lire, comme de parfaits touristes.

Les quatre adolescents, suivis de Darin, remontèrent à bord sans un mot et Telius détacha les amarres avant de remonter dans le poste de pilotage. Moins de deux minutes plus tard, le petit yacht quittait la marina.

*

Chapitre 9

Le First Episode naviguait tranquillement sur un cap nord-nord-ouest, à près de vingt-cinq nœuds, en direction de l'île de Madère. La tension était passablement retombée maintenant que les adolescents se sentaient moins contraints. Alex demanda même l'autorisation de faire du jet ski et Telius l'accompagna près du scooter des mers : un Yamaha FX Cruiser qui semblait récent. Le garçon avait déjà pratiqué le jet ski en vacances et assurait pouvoir suivre facilement le bateau.

- Le First navigue à 25 nœuds alors que ce Jet peut atteindre les 90 km/h sur mer calme. Je peux tranquillement vous suivre et m'amuser un peu. Mél, tu viens avec moi ? proposa-t-il à sa compagne.

- Oui, après tout cela me changera les idées, répondit la jeune fille qui voyait un bon moyen de quitter le bord. Elle s'étonna d'ailleurs que les inconnus les autorisent à s'éloigner du yacht.

- Paul, tu veux en faire après nous ? demanda Alex à son ami

- Non merci, je n'ai pas le cœur à ça pour l'instant, une autre fois. Profitez-en bien. Répondit l'adolescent, à mille lieues de penser à faire du jet ski.

Telius remit une radio étanche aux jeunes gens et leur prodigua quelques consignes. Il insista surtout sur l'autonomie du jet qui ne dépassait pas une heure de carburant.

- Alex, ne t'éloigne pas trop. Je souhaite vous avoir à vue au cas où. Laisse la radio activée en permanence afin que tu puisses revenir en cas de problème. C'est bien compris ? énonça clairement l'homme de Sarian.

- Pas de souci, nous allons juste nous amuser un peu. Je resterai en vue du yacht en permanence. Pour répondre, je suppose que c'est ce bouton ? fit Alex, l'air détaché.

- Oui. Tu appuies pour parler et tu relâches pour écouter. Attention, cette radio n'est pas cryptée, c'est du matériel standard qui était à bord, donc pas de conversation qui pourrait attirer l'attention. Insista Telius.

- Ne t'inquiète pas. Je m'en tiendrai à oui et non. Fit Alex en mimant un salut militaire.

- Parfait. Bonne balade, leur souhaita l'homme en souriant.

Les deux adolescents avaient enfilé une combinaison en néoprène, car ce type d'engin pouvait occasionner de sérieuses blessures, en cas de chute. Même si la propulsion était assurée par une turbine qui propulsait un jet d'eau sous pression, et donc sans hélice, le scooter des mers restait une activité dangereuse. Telius et Darin mirent le jet ski à l'eau et Alex sauta immédiatement à la mer avec un cri conquérant. Mélanie le rejoint plus discrètement.

- Ouf ! Même avec la combinaison, l'eau est froide ! s'exclama la jeune fille

- Elle est à 20°, mais c'est le différentiel de température que tu perçois. Tu es prête ? lui répondit son amant, déjà installé sur le scooter.

La jeune femme se hissa à l'arrière et s'agrippa au garçon qui démarra le moteur du Yamaha. Ils s'éloignèrent tranquillement alors que Telius leur répétait, une dernière fois, d'être prudents.

Celui-ci les suivit un moment des yeux, mais Alex semblait respecter les consignes, car il faisait des ronds autour du First, en prenant soin de rester à vue. Sarian chargea Vira de les surveiller et de l'avertir en cas de souci. Telius, qui avait repris la barre du navire, avait activé un senseur de poursuite qui était verrouillé sur le jet ski et, quoi que fasse Alex, il ne pourrait plus perdre sa position. Cette précaution n'aurait cependant aucun effet si l'adolescent décidait de s'enfuir, car ni l'annexe ni le yacht ne pouvaient soutenir la vitesse de pointe du puissant scooter des mers.

Paul, qui avait surveillé la manœuvre, en profita pour revenir vers Sarian, attablé sur la plage arrière du luxueux bâtiment.

- Peut-être pourrions-nous enfin avoir une conversation sérieuse maintenant ? proposèrent simultanément Stéphanie et Paul désormais plus curieux qu'inquiets.

- Bien, asseyez-vous tous les deux. Je vais vous résumer la situation. Leur proposa Sarian. Comme je vous l'ai déjà dit précédemment, Paul est l'héritier d'une ancienne famille qui a été décimée il y a dix-sept années terrestres. Le véritable nom de Paul est Ishar Verakin, Empereur légitime d'Ildaran et des quatre-vingt-douze systèmes rattachés à l'Empire.

Les premiers mots de Sarian n'avaient rien de bien rassurant pour les deux jeunes gens et ils ne savaient plus quelle attitude adopter : céder à son récit ou le considérer comme fou. Mais que penser des autres ? Un illuminé c'est toujours possible, mais plusieurs qui croient à la même version des faits, c'est difficile à trouver. Après avoir croisé leurs regards, ils décidèrent, sans un mot, de le laisser continuer son histoire extraordinaire.

Celui-ci s'apprêtait à reprendre lorsque la voix de Telius, venant du poste de pilotage, le coupa dans son élan.

- Vedette des douanes en approche, je crains qu'ils ne veuillent inspecter le bateau. Leur annonça-t-il.

- Çà c'est la tuile ! pesta Sarian. Heureusement qu'Alex et Mélanie ne sont pas à bord. Il appela aussitôt les adolescents sur le scooter des mers en le cherchant des yeux. Le jet ski, qui était sur bâbord arrière à ce moment, coupa son élan. Quelques secondes plus tard, la voix d'Alex sortit du talkie-walkie.

- Oui ?

- Pour le moment, restez loin du bateau jusqu'à ce que je vous rappelle, pas de question. Le ton de Sarian n'appelait pas de réponse, mais Alex accusa réception laconiquement.

- Compris on reste à vue, terminé. Répondit le garçon en coupant la communication.

Il avait remarqué la vedette des douanes et interprété le message sibyllin de Sarian. Ce dernier fut rassuré par la tournure des évènements en espérant que Mélanie ne tente pas d'en profiter pour se faire remarquer. Heureusement qu'ils avaient eu envie de faire du jet ski sinon leur aventure aurait pris une autre tournure.

- Le problème est réglé pour Alex et Mélanie, mais, pour Steph et moi, comment allez-vous faire ? interrogea Paul

- Ne t'inquiète pas. Nous avons de faux passeports pour vous deux. Répondit l'homme avec un sourire.

- Vous aviez prévu de faux papiers dès le départ ? interrogea Paul.

- Oui, nous essayons d'anticiper des solutions de secours et depuis le reportage de France 3 nous avions resserré la sécurité. Répondit Darin, qui venait de se joindre à eux après s'être changé. L'homme avait enfilé une sorte de costume noir ressemblant à une tenue de combat.

- Ils seront sur nous dans moins de cinq minutes si nous ne changeons pas de cap, leur cria Telius depuis le pont avant.

Il était de toute façon impossible au First Episode d'échapper à un navire des douanes espagnoles qui aurait, de surcroît, fait envoyer un avion en cas de tentative de fuite.

La vedette militaire se rapprochait et appela le First à la radio, lui demandant de mettre en panne et de se préparer à recevoir des agents à bord.

Telius obtempéra, car toute autre option était inutile.

- Qu'est-ce qu'on fait ? demanda Darin. On ne peut pas tous les neutraliser avant qu'ils n'aient le temps de signaler notre présence.

- On joue les touristes. Le seul point qui m'inquiète, c'est Oria, car si elle ne se réveille pas ils risquent de nous demander de rentrer au port pour l'hospitaliser. Essayons de les distraire afin d'éviter une fouille complète. Transmit Sarian à tout le monde. Paul, tu es le petit ami de Stéphanie, Oria est ta cousine et ma femme. Darin, Telius, Vira et Irias sont là pour naviguer et nous servir à bord.

Les deux adolescents allèrent se mettre en maillot de bain et s'installer discrètement dans des transats sur le pont arrière, car la vedette des douanes arrivait par tribord avant. Sarian sortit son ordinateur pour faire semblant de travailler. Il pensait à Oria et espérait pouvoir leurrer les douaniers en leur racontant qu'elle avait un peu le mal de mer.

- Nous sommes à l'arrêt, les avertit Telius. Ils s'amarrent

Un grand brun en uniforme des douanes espagnoles monta à bord du First pendant que Sarian sortait pour l'accueillir sur tribord.

- Bonjour, Señor. Je suis le Capitaine Gonzales des douanes espagnoles.

Le douanier s'était adressé à Sarian en espagnol, car le First était immatriculé à Tenerife.

- Bonjour capitaine. Lui répondit Sarian dans un espagnol parfait. Nous sommes huit à bord, si vous voulez vérifier nos passeports… continua-t-il en lui tendant les papiers d'identité de tout le groupe sauf, bien évidemment, ceux de Mélanie et d'Alex.

Le capitaine prit les documents et les examina attentivement. Il n'y avait aucun risque qu'il remarque quoi que ce soit, car la reproduction des passeports avait été réalisée avec des technologies très sophistiquées. Il rendit d'ailleurs les documents sans aucune hésitation sur leur authenticité.

- C'est un très beau bateau. Il est à vous ? demanda-t-il

- Non, il est à un ami qui habite Madrid, qui nous l'a prêté pour la semaine, répondit Sarian avec un sourire candide, digne d'un acteur.

- Ah ! c'est pour cela qu'il est enregistré à Tenerife, ajouta le capitaine qui avait dû interroger sa base de données depuis la vedette, avant d'aborder le First Episode. Vous n'avez aucune marchandise illicite à bord ?

- Non. Nous nous promenons en famille et faisons le tour des îles Canaries. Assura Sarian, presque la main sur le cœur.

- Bien. Je n'ai pas aperçu votre femme ? s'étonna le douanier en désignant le passeport d'Oria.

- Elle se repose dans sa cabine. Elle souffre un peu du mal de mer après un déjeuner de fruits de mer un peu arrosé à Playa Blanca. Répondit Sarian, d'un air entendu, pour tenter de détourner l'attention de l'officier.

- Javier, descends voir en cabine et regarde si tu ne vois rien de suspect. Ordonna le capitaine Gonzales à l'un de ses hommes. Ni voyez rien de personnel, Señor, mais nous avons beaucoup de contrebande de drogue et de tentatives d'immigration illégale, depuis l'Afrique proche. Ajouta l'officier espagnol à l'intention de Sarian.

- Non, rassurez-vous capitaine. Nous comprenons parfaitement. Nous sommes en vacances donc rien ne presse. Répondit ce dernier avec un sourire angélique.

Le capitaine de douanes fit le tour du salon en observant chaque détail, mais tout dû lui sembler normal, car il n'ajouta rien de plus.

Le douanier dénommé Javier remonta dans la salle à manger et indiqua à son chef ne rien avoir remarqué de suspect.

J'ai contrôlé les quatre cabines et la salle des machines : rien de suspect à bord, capitaine. Conclut le douanier.

En entendant le douanier annoncer qu'il avait visité les cabines sans rien trouver, Paul et Stéphanie ne purent retenir un mouvement de soulagement. Mais heureusement, personne, à part Sarian, ne s'en aperçut,

- Votre femme semble aller mieux, elle devrait remonter très bientôt. Ajouta Javier à l'attention de Sarian

- Je pensais bien que c'était bénin, répondit celui-ci en masquant parfaitement sa surprise, surtout soulagé qu'Oria ait repris conscience.

Parfait. Nous allons vous laisser continuer votre route. Passez de bonnes vacances dans les eaux espagnoles. Termina le capitaine Gonzales en ressortant sur le pont arrière.

Les douaniers quittèrent le bord et la vedette s'éloigna rapidement à la recherche d'une autre proie à intercepter.

- C'est une excellente nouvelle qu'Oria se soit remise, s'exclama Paul soulagé.

- En effet, c'est bon signe qu'elle ait récupéré si vite. Reprit Darin, qui avait entendu les propos du douanier remontant des cabines.

- Je me suis réveillé à temps, semble-t-il. Les apostropha la jeune femme qui venait d'apparaître dans la salle à manger du navire.

- Comment te sens-tu ? demanda aussitôt Sarian d'un air grave.

- Encore un peu vaseuse. Et j'ai très mal à la tête, mais à part cela je ne semble pas avoir de séquelles. J'ai pris des revitalisants et mes Nanocrytes sont déjà à l'œuvre pour me remettre sur pied.

Répondit la jeune femme qui semblait juste un peu plus pâle que d'habitude.

- Ouf, j'ai vraiment cru qu'il nous faudrait te mettre dans un caisson médical, fit Sarian rassuré.

- J'ai eu l'impression que mon cerveau allait éclater quand Paul m'a retourné mon attaque mentale, fit la jeune femme.

- Et tes capacités psys ? L'interrogea Darin.

- Curieusement, je me sens très bien. Mes Nanocrytes ont dû régénérer mes cellules endommagées et j'ai même l'impression que mes facultés ont été renforcées. Lui répondit-elle

- Tu veux que je demande à Paul de les tester de nouveau ? proposa Sarian, sur le ton de la plaisanterie.

- On va attendre un peu si tu veux bien. Opposa la jeune femme avec un sourire. Peux-tu me résumer la situation, j'ai dû rater pas mal de choses ?

- Ça oui… Confirma Sarian, qui lui fit un topo rapide des évènements depuis leur fuite de la côte marocaine. Nous faisons route vers Madère. Mais, et toi ? Si tu penses que tes facultés sont renforcées, c'est que tu as joué avec le douanier espagnol.

- Oui, sourit la jeune femme, il a commencé à me poser des questions sur la seconde cabine double en découvrant des sous-vêtements féminins alors que nous sommes censés n'être que deux femmes à bord. C'est pour cela que je t'ai dit avoir l'impression d'avoir accru ma puissance psy. J'ai pris le contrôle de cet homme avec une étonnante facilité. Je lui ai suggéré qu'il n'y avait rien d'anormal, sans le moindre effort. Avant l'affrontement avec Paul, il m'aurait fallu au moins une dizaine de secondes de concentration pour y parvenir. À moins que cet homme ne soit particulièrement réceptif, j'ai gagné en puissance. Il faudra que je teste mes facultés psys plus tard pour le vérifier.

- L'essentiel est que tu te rétablisses rapidement, car nous ne sommes certainement pas au bout de nos surprises et tes talents vont nous être utiles. Il faut que tu formes Paul au plus vite. Je me demande maintenant si nous avons adopté la bonne stratégie en restant dissimulés. Si nous l'avions formé plus tôt, il serait déjà partiellement opérationnel. Regrettait Sarian.

- Nous en avons déjà discuté. Il était trop jeune et une formation n'aurait pas servi à grand-chose. Les talents psys apparaissent assez tard et c'est déjà assez surprenant qu'il ait pu contrer mon attaque avec une telle force. Je vais me reposer sur la plage arrière, car j'ai encore un peu la tête qui tourne, comme si je m'étais soulée. Fit-elle, en se dirigeant vers la porte arrière.

- OK. Pas de souci, tu n'as rien à faire jusqu'à ce que nous arrivions à Madère. Tu as au moins douze heures pour récupérer. Répondit Sarian, qui se replongea dans l'analyse des données affichées sur les neurorécepteurs de son nerf optique.

La jeune femme quitta le carré principal pour rejoindre l'espace où se trouvaient les deux jeunes gens et s'installa, sans un mot, sur l'une des chaises longues libres à côté de l'adolescente. Elle apprécia ce moment de calme, le corps bercé par la houle et chauffé par le soleil de printemps dans cet hémisphère.

D'après son autonomie initiale, le niveau de carburant du jet ski devait baisser rapidement et Sarian appela Alex à la radio pour lui signifier qu'il était temps de remonter à bord. Le garçon se fit un peu tirer l'oreille et négocia de revenir d'ici un petit quart d'heure. Comme le yacht avait repris son cap au nord, en direction de Madère, Sarian accepta après s'être assuré que le Yamaha ne tomberait pas en panne sèche. L'homme commençait enfin à se détendre un peu malgré leur situation, car tout danger immédiat semblait écarté.

Il restait néanmoins vigilant, car son plan les mettait à la merci d'une détection et, en cas d'attaque avec un glisseur armé, ils seraient sans défense en plein océan. Il s'en voulait de s'être laissé enfermer dans ce scénario, mais il n'avait malheureusement aucune autre solution que de tenter de se dissimuler au sein de la population locale. Il eut une brève pensée pour les deux membres de son équipe qui allaient peut-être devoir se sacrifier pour leur offrir un peu de répit.

Un souffle d'optimisme dut balayer le navire, car tout le monde profitait de cet instant d'accalmie pour se relaxer.

Paul avait remarqué l'arrivée d'Oria et chercha à se rapprocher d'elle. Elle exerçait une sorte de fascination sur lui. Il en ressentait presque une gêne physique et se sentait un peu coupable vis-à-vis de Stéphanie.

- Oria, comment allez-vous ? lui demanda-t-il un peu maladroitement. Une approche qui n'échappa pas à la jeune fille, intriguée par la démarche de son amant.

- Bien Paul, merci. J'ai apparemment récupéré. Tu aurais pu me tuer, mais c'était de ma faute. Il va te falloir apprendre à canaliser cette énergie, car ta vie et celle d'autres personnes peuvent en dépendre. Lui répondit-elle sans ouvrir les yeux, signifiant ainsi qu'elle souhaitait se reposer.

Paul n'insista pas et laissa son esprit vagabonder en suivant des yeux un groupe de mouettes qui rasait les vagues. Discrètement, Stéphanie lui prit la main et il se sentit apaisé à son contact. L'adolescente ne comprenait pas de quelle énergie avait parlé Oria et une sorte de malaise l'envahit à l'idée que son ami puisse représenter un quelconque danger.

Un bruit de moteur troubla sa réflexion et elle fut saisie d'une brève inquiétude, mais ce n'était qu'Alex et Mélanie qui revenaient à bord. Elle se redressa dans son transat et constata, à leur attitude souriante, que les deux jeunes gens semblaient ravis de leur petite escapade marine. Mélanie paraissait moins stressée, elle aurait pu tenter de s'échapper avec la petite embarcation, mais était revenue sans histoire. Stéphanie en fut soulagée, car elle ne se sentait pas de taille à affronter des dissensions dans leur groupe.

Le scooter des mers fut ancré sur son berceau et les deux adolescents ôtèrent leurs combinaisons puis s'éclipsèrent dans leur cabine.

Paul, qui s'était également redressé, aperçut Sarian accoudé au bastingage, semblant contempler l'horizon. Il se rallongea sur le transat en pensant à l'extraordinaire aventure qu'ils étaient en train de vivre. *Dire qu'il y a encore quelques jours j'étais en classe, préoccupé uniquement par le passage du BAC à la fin de l'année scolaire. Que va-t-il nous arriver ?* Le bruit accru des moteurs le tira de sa rêverie et lui indiqua que le yacht avait repris sa route vers le nord.

*

Chapitre 10

Lorsque Briza avait quitté le petit groupe à proximité d'Akhfennir, il savait qu'il devrait parcourir plus de mille trois cents kilomètres pour rejoindre l'extrême nord du Maroc. Amélioré aux Nanocrytes de type six, l'exercice ne l'impressionnait pas et il conduisait d'ailleurs depuis plus de onze heures sans en être affecté le moins du monde.

Il avait soigneusement évité de repasser par Marrakech, craignant les drones de surveillance de l'empire et était resté sur la nationale 1 au lieu d'emprunter l'autoroute A7 qui lui aurait pourtant fait économiser du temps. Il ne pouvait s'empêcher de songer en permanence à Sarian et ne s'était pas laissé distraire en passant le long d'Essaouira, portant un très joli port de pêche. Il s'était arrêté à Bouguedra pour se restaurer quelques minutes, mais ne s'était pas attardé. À Sidi Smail, il avait failli être arrêté par un contrôle de police, mais finalement l'agent l'avait laissé passer sans encombre, se contentant de scruter attentivement le véhicule de location.

L'homme se trouvait maintenant à moins de dix kilomètres d'El-Jadida et s'attendait à recevoir, très prochainement, un message du Randor, car même en volant à vitesse réduite il ne faudrait certainement pas plus de deux heures au petit vaisseau pour rejoindre le nord du Maroc. *Pas assez de temps pour rejoindre Tanger avec le Land Rover*, pensa l'ildaran.

*

À bord du Randor, les deux hommes de Sarian suivaient attentivement leur lente remontée vers la surface. Ils avaient rejoint leur appareil, depuis la côte française, à l'aide de propulseurs individuels, protégés par leurs champs de force. Sans surprise, le navire était intact et prêt à repartir après être resté plus de dix-sept ans en sommeil, à trois mille trois cents mètres au fond de l'Atlantique. Durant toute cette période, les anciens gardes

Verakin n'étaient venus à bord que deux fois et en prenant un luxe de précautions inouï, de crainte d'être repérés.

À cette profondeur, l'appareil était pratiquement impossible à détecter à moins d'en connaître précisément les coordonnées et, comme les impériaux ignoraient, encore tout récemment, leur présence sur Terre, le navire avait été en parfaite sécurité.

L'IA du Randor avait calculé qu'il leur faudrait plus de cinquante minutes pour remonter lentement à la surface sans craindre de provoquer des remous sous-marins qui pourraient être repérés par les senseurs orbitaux. Les deux hommes se préparaient donc à revoir le soleil dans les minutes à venir.

Le bâtiment allait bientôt atteindre la surface et les puissants senseurs scrutèrent attentivement les environs du point de remontée. Inutile d'être bêtement aperçu par un bateau qui ne manquerait pas de signaler qu'un étrange sous-marin venait d'apparaître en plein océan Atlantique et s'était envolé ! Lorsque l'IA confirma que l'océan était totalement dégagé à plus de vingt kilomètres à la ronde, le petit appareil fit surface. L'IA activa immédiatement le champ furtif et prit l'air en direction du sud. Dissimulé derrière son écran de neutralisation, il pouvait voler sans risque d'être détecté. Le contrôle du vaisseau veillait à ne pas dépasser la vitesse de huit cents kilomètres à l'heure afin de ne pas déclencher l'alarme des senseurs ildarans qui devaient être étalonnés pour réagir à des turbulences atmosphériques supérieures à celles d'un avion de ligne local. À cette vitesse, l'aviso déclenchait des turbulences inférieures à celle d'un Boeing 747 et le risque d'être repéré devenait négligeable. Dans moins de deux heures, ils auraient rejoint Briza.

*

Briza reçut des informations de l'IA du Randor qui lui indiqua se trouver à une heure quarante-cinq de sa position actuelle. Le chauffeur du Land Rover calcula aussitôt qu'il ne pourrait pas parcourir plus de quatre-vingts kilomètres avant le rendez-vous. *Il faut trouver un autre point de contact* pensa-t-il aussitôt. Il se mit immédiatement, à la recherche d'un lieu à l'écart où le Randor pourrait se poser.

L'Ildaran pensa que le lieu de jonction était loin d'être idéal, car cette région était l'une des plus peuplées du Maroc ! Même dissimulé derrière son écran furtif, il fallait un espace conséquent pour faire atterrir un appareil de la taille du Randor.

Le petit aviso jaugeait trois mille cinq cents tonnes, était long de quatre-vingt-dix mètres, large de onze et haut de huit : ce qui en faisait un appareil plus long qu'un Airbus A 380, le plus gros avion commercial fabriqué sur cette planète. Son armement était limité à un disrupteur moléculaire et à soixante disques-torpilles à distorsion. Il avait la forme d'un cigare aplati, comme la plupart des appareils capables d'évoluer en atmosphère. Les plus gros vaisseaux, condamnés à rester dans l'espace, étaient généralement de conception sphérique ou ovoïde.

Comme avec la plupart des appareils interstellaires, c'étaient les condensateurs à énergie qui occupaient le plus gros volume. Ces condensateurs permettaient le stockage de suffisamment d'énergie *Kin* pour ouvrir un trou de vers dans la structure de l'espace et autoriser le déplacement instantané sur plusieurs centaines d'années-lumière.

Après avoir rapidement consulté une carte de la région, Briza prit la décision de bifurquer vers l'est et suivit la direction de Berrechid sur la R308. Dans les terres, il serait certainement plus facile de trouver un grand champ, un peu à l'écart, où le Randor pourrait se poser.

Après plusieurs minutes de recherche, il porta son choix sur une zone située après la ville de Sidi Said Maachou. Il y avait quelques carrières dans la région et l'une d'elles devrait faire l'affaire. Il n'en était, a priori, plus très loin.

Moins de quarante minutes plus tard, laissant Sidi Said Maachou, il bifurqua à gauche, sur une petite route, au niveau d'une station de relevage des eaux. Juste avant d'arriver à la station d'épuration, il tourna à gauche, s'engageant dans une voie sans issue.

Après un kilomètre, il décida d'attendre là le Randor. Ses Nanocrytes de communications transmirent sa position à l'IA du vaisseau furtif et Briza passa à l'arrière de son véhicule pour se reposer. L'IA accusa réception du lieu de rendez-vous et l'informa pouvoir s'y trouver dans cinquante-neuf minutes.

L'homme s'endormit à l'arrière du véhicule après avoir activé un drone de surveillance, de la taille d'une mouche terrienne. Le petit appareil était indétectable à très longue distance, mais il pouvait balayer l'espace autour de lui dans une sphère de huit cents mètres. Ces capteurs actifs n'étaient pas assez puissants pour être repéré depuis l'espace et Briza ne craignait donc pas d'être localisé par les impériaux. Ce drone lui servirait au cas où des locaux tenteraient de s'approcher de son 4x4 et, bien sûr, lorsque le Randor serait à proximité.

*

Klosteran et Rliostem aperçurent le Land Rover sur l'écran virtuel projeté sur leurs neurorécepteurs. Le Randor se trouvait à moins d'un kilomètre du point de contact et l'appareil manœuvrait très lentement afin de ne provoquer aucun remous atmosphérique à si basse altitude. Briza les attendait, tranquillement appuyé sur son véhicule.

Le petit vaisseau spatial s'immobilisa à vingt centimètres du sol dans un silence absolu. Il était totalement invisible, ses écrans d'occultation courbant la lumière qui glissait autour de lui. Sans ses Nanocrytes qui lui transmettaient les données de localisation, fournies par l'IA du bord, Briza n'aurait jamais atteint le sas inférieur du petit aviso.

- Heureux de vous voir les gars ! fit-il, dès qu'il eut franchi le champ de neutralisation, en apercevant ses deux collègues qui l'attendaient derrière le sas.

- Nous aussi. Lui répondirent les deux hommes.

- Ne restons pas là, ce n'est pas sûr. Lança Rliostem

- Tu as piégé le Land ? demanda Klosteran.

- Oui, répondit Briza j'ai transmis le code d'activation à l'IA.

Sans plus attendre le Randor pris l'air, en l'éloignant de cent cinquante-mètres du Land Rover, puis s'immobilisa à six mètres du sol.

L'IA déclencha alors la petite charge à plasma et le Land Rover commença à s'autodétruire. Le petit aviso désactiva sa furtivité quelques secondes avant d'enclencher sa propulsion et prit la direction du nord. Quelques secondes plus tard, il rétablit son champ de neutralisation et se posa quelques kilomètres plus loin pour déposer Briza avant de désactiver, de nouveau, son champ de neutralisation et de redécoller en direction de l'espace.

Briza espérait qu'aucun terrien n'avait aperçu l'aviso lorsqu'ils avaient décollé du point de rendez-vous sinon, avec un peu de chance, la presse accuserait un drone américain d'avoir abattu un véhicule. *Un joli pataquès international en perspectives* songea-t-il, en se dirigeant vers la ville la plus proche.

- DEUX DRONES DE CHASSE VIENNENT DE TRANSITER A QUATRE CENTS METRES. JE LES LAISSE NOUS SUIVRE JUSQU'A LA SORTIE DE L'ATMOSPHERE. Alerta l'IA du Randor.

- Il semblerait que notre plan ait fonctionné, fit Rliostem

- Oui. Et bien maintenant, essayons de nous sortir de ce guêpier. Lui répondit Klosteran

*

Chapitre 11

Au même instant à des milliers de kilomètres de là, dans la base impériale, la tension était montée d'un cran. Florilius n'avait pratiquement pas dormi, comme ses hommes qui scrutaient en permanence tous leurs détecteurs dans l'espoir de capter une signature de propulsion gravitique. Malgré leurs capacités physiques, améliorées par les Nanocrytes, la pression était palpable et la fatigue, ou la lassitude commençait à amoindrir leurs réflexes et leur vigilance. Sans l'IA de la base, la faible signature aurait peut-être échappé aux impériaux, mais le puissant calculateur déclencha immédiatement une alarme qui eut pour conséquence de rendre presque tout le monde hystérique.

- IA, rapport ordonna Florilius d'un ton sec.

UNE FAIBLE SIGNATURE DE DEPLACEMENT GRAVITIQUE VIENT D'ETRE ENREGISTREE AU NORD DE L'AFRIQUE PRES DE LA VILLE MAROCAINE DE SIDI SAID MAACHOU. Une carte apparut en relief au milieu de la table, le point clignotait en orange. CETTE SIGNATURE NE CORRESPOND A AUCUN DE NOS APPAREILS EN VOL. J'AI FAIT TRANSITER IMMEDIATEMENT DEUX DRONES A SA POURSUITE, L'APPAREIL SEMBLE LES AVOIR REPERES ET SE DIRIGE RAPIDEMENT VERS L'ESPACE. LES SYSTEMES DE TIRS DE LA PLATEFORME LUNAIRE SONT ACTIVES ET NOUS DEVRIONS POUVOIR L'INTERCEPTER D'ICI SOIXANTE-DOUZE SECONDES. J'AI EGALEMENT ENVOYE UNE ALERTE AU CARUSIF QUI ESSAIERA DE SE PLACER SUR UNE TRAJECTOIRE D'INTERCEPTION DES QUE LA SONDE MESSAGERE AURA TRANSITE. L'intelligence artificielle avait annoncé cela très fonctionnellement, mais Florilius était déjà en mode tactique.

- Ne le lâche pas, je ne veux pas d'interception à moins de trois millions de kilomètres de la planète. Essayons au moins de faire passer cela pour un évènement naturel.

Florilius pensait aux conséquences de la destruction d'un aviso ildaran à proximité de la Terre. Il n'avait pas d'estimation précise de son tonnage, mais l'utilisation de disques-torpilles à distorsion ne pourrait échapper aux terriens, si près de leur planète. Malgré la rusticité des technologies locales, les terriens savaient atteindre leur satellite naturel et chercheraient inévitablement à connaître la cause d'un sursaut de rayons gamma aussi proche de leur orbite. Sans compter les importants dégâts occasionnés à tous leurs satellites artificiels. Il lui fallait donc malheureusement laisser le vaisseau s'éloigner un peu afin que sa destruction ne soit pas détectée. De toute façon avec la puissance de la plateforme lunaire il était peu probable que l'appareil puisse leur échapper, même s'il dépassait l'orbite de Mars avant que les disques-torpilles ne soient lancés.

Nous venons de perdre la trace de l'appareil et les drones de chasse ont ete detruits. Il doit disposer d'une technologie de camouflage inconnue : probabilite 99%; ou s'est autodetruit : probabilite 1%. L'IA de la base aurait pu annoncer la météo du lendemain, mais l'annonce fit jurer tous les membres présents dans le centre des opérations.

Seul Florilius avait compris la portée et l'importance de cette information. *Au moins, nous savons comment ils ont pu atterrir sur Terre : ils doivent avoir un appareil spécial. La garde impériale devra accepter l'évidence que nous ne sommes pas en faute.*

Cette dernière remarque détendit largement l'atmosphère, car tous craignaient l'arrivée de la Sécurité Impériale. Savoir que l'IA avait consigné la présence d'un appareil capable de masquer sa signature gravitique démontrerait que l'équipe militaire en poste n'avait pas failli.

- IA. Reste en alerte active et lance tous les drones disponibles dans l'espace à partir de la dernière trajectoire connue de l'appareil. Il va chercher à rejoindre l'espace profond pour charger ses condensateurs de saut et quitter ce système. Je veux que toutes les informations soient envoyées en temps réel au calculateur de combat du Carusif. Aussitôt que la sonde messagère aura été expédiée, qu'il soit prêt à se repositionner pour une interception dès que les filets de captage de matière noire du vaisseau ennemi entreront en action et que nous aurons sa position. Avec un peu de chance, le Carusif pourra atteindre une distance de tir avant qu'ils ne soient prêts à sauter si nos torpilles planétaires les ratent. Ordonna Florilius. Que nous indique notre satellite F04 ? demanda encore le commandant de la base australienne, certain que s'il réapparaissait, le vaisseau rebelle ne pourrait s'échapper du système solaire.

- Les capteurs ont enregistré une trace, mais pas suffisamment puissante pour activer une poursuite et acquérir une cible. De toute façon, l'armement est très léger sur F04. Répondit Gorantim, l'adjoint de Florilius.

F04 était un satellite artificiel de trois cents mètres de diamètre dédié à la détection, mis en place par l'empire et situé sur un point de Lagrange sur la même orbite que la Terre. Ce satellite était suffisamment petit et loin de la 3e planète pour échapper aux détecteurs terriens, bien qu'il semble que ces derniers l'aient repéré tout récemment et l'aient pris pour un satellite naturel. Son usage était dédié à la surveillance étroite des activités dans le système solaire et il disposait uniquement d'une batterie de tir, anticollision, complétée par une protection par champ *Horlzson*. Ses senseurs étaient par contre très sensibles et Florilius avait espéré que F04 ait pu détecter une signature de propulsion, permettant de suivre le vaisseau fugitif.

Gorantim intervint de nouveau. *Commandant, ne croyez-vous pas que nous pourrions tenter d'aborder l'appareil plutôt que de le détruire, c'est le seul moyen de savoir si l'héritier Verakin est à bord.*

- Vous avez parfaitement raison, mais le Carusif sera plus rapidement à distance de tir alors qu'il lui faudrait se rapprocher et décélérer pour être dans une situation d'abordage avec des filets gravitiques. De plus, nous ignorons tout de cet appareil, il est peut-être équipé d'un armement qui pourrait endommager voire détruire notre croiseur. Lui envoyer une salve de disques-torpilles à distorsion est beaucoup moins risqué et je préfère annoncer à la Sécurité Impériale que l'appareil a été détruit plutôt que de le laisser s'échapper. Avec un peu de chance, les premiers tirs l'endommageront suffisamment pour empêcher tout saut quantique. Répondit l'officier responsable de la petite base.

Le commandant de la station impériale ressentait inconsciemment que les évènements des heures à venir auraient des impacts sur le futur de l'empire pendant des décennies. Il se sentait à ce moment un acteur privilégié, mais relativement impuissant à influer significativement sur le cours de l'histoire.

*

Sarian était toujours accoudé sur le bastingage du yacht et pensait, lui aussi, à son aviso qui tentait de fuir ce système solaire. Il n'avait reçu aucune information du petit vaisseau, mais c'était prévu dans le plan initial.

L'Ildaran laissa son regard errer sur la surface de l'eau. Il ne se faisait pas trop d'illusions : le Randor avait une forte probabilité d'être intercepté avant d'avoir atteint un point de saut pour quitter ce système. L'IA de la base avait calculé que la probabilité de fuir le système solaire intact était de 47,873 %. Avec moins de cinquante pourcents de chance de réussite, Sarian avait refusé que l'héritier de la Maison Verakin coure ce risque et il avait autorisé l'opération diversion. Les deux membres de son équipe devaient tenter d'abuser les impériaux, laissant croire que l'héritier de l'empire avait réussi à s'échapper ou, dans le pire des scénarios, était mort dans la destruction de son appareil.

Sarian se reprochait d'avoir dû choisir cette option, mais la sécurité du dernier Verakin devait passer avant toute autre considération. Rliostem et Klosteran partageaient sa vie depuis leur fuite d'Ildaran Prime et ils faisaient partie du dernier carré fidèle aux Verakin. Ils s'étaient eux-mêmes portés volontaires et connaissaient parfaitement l'enjeu.

Quelle que soit l'issue de cette tentative : destruction ou fuite du vaisseau, la pression devrait se relâcher, car leurs ennemis ne seraient plus jamais sûrs qu'Ishar Verakin soit encore sur Terre. Avec le temps, les recherches actives allaient s'espacer et donner à Paul les quelques années de répit dont il avait besoin pour atteindre ses pleines capacités. Sarian savait que, dans l'intervalle, ils devraient demeurer dissimulés au milieu des terriens.

Mais l'homme savait que cette stratégie comportait une faille de taille : ils ne possédaient pas d'autres vaisseaux et, en cas de destruction de celui-ci, il ne leur resterait plus aucun moyen de quitter le système solaire. Le seul appareil, encore, à leur disposition était un petit glisseur furtif de six places, capable d'évoluer dans l'atmosphère et en orbite proche, mais sans capacité interstellaire.

Un bruit d'eau le tira de ses pensées : un dauphin nageait à quelques encablures du yacht, mais ses préoccupations se recentrèrent vite sur Le Randor qui devait, maintenant, se préoccuper de ses niveaux d'énergie. L'IA avait calculé que le stock d'énergie *Kin* de l'aviso devait lui permettre d'évoluer en mode furtif jusqu'à environ quatre milliards et demi de kilomètres du Soleil. La distance de saut, pour un appareil de la masse du Randor par rapport à la gravité du système, était d'environ six milliards de kilomètres de l'étoile.

Rliostem et Klosteran allaient donc devoir déployer les filets de captage de matière noire pour la transformer en énergie et ils seraient alors repérés immédiatement par les senseurs impériaux. La suite dépendrait de la vitesse de réaction de l'adversaire et son armement disponible. L'IA de la base avait calculé une probabilité de 47,873% que l'aviso ait suffisamment d'avance pour collecter suffisamment de matière noire, la convertir en énergie *Kin*, et repasser en mode furtif pour atteindre un point de saut.

Il restait néanmoins une inconnue de taille : la puissance des systèmes de défense mis en place par l'Empire dans le système solarien. En général, les systèmes d'armes installés autour des planètes préspatiales étaient conçus pour dissuader un appareil de faible tonnage de tenter une prise de contact avec la population locale. Généralement, il s'agissait de batteries de disques-torpilles de portée de un à trois milliards de kilomètres et parfois un disrupteur moléculaire de courte portée. Mais avec la confédération de Lorka située à moins de huit cents années-lumière, les stratèges de la marine spatiale ildarane avaient peut-être installé de l'armement plus lourd, comme des disques-torpilles de classe planétaire, sur les planètes extérieures ou leurs satellites. Dans ce cas, le Randor ne disposerait que d'une faible marge pour échapper aux engins à distorsion capables de l'atteindre dans tout le système solaire.

Le petit vaisseau furtif serait peut-être contraint de zigzaguer, dans tout le système, pour échapper aux torpilles planétaires autonomes et au croiseur de classe tonnerre, qui se lanceraient inévitablement à ses trousses.

Sarian souhaitait donc vivement que Rliostem et Klosteran parviennent à quitter le système solaire le plus vite possible même s'il ne se faisait pas trop d'illusions sur leurs chances de réussites.

L'homme savait qu'une flotte impériale pouvait émerger à tout instant et il serait tout bonnement impossible de lui échapper si les réserves d'énergie ne permettaient pas de rester en mode furtif jusqu'à un point de saut. Ses hommes le savaient, mais avaient accepté de se sacrifier en mémoire du serment prêté au père de Paul, le dernier empereur légitime d'Ildaran.

Sarian ne connaissait pas précisément l'évolution de la situation politique de l'empire depuis qu'ils étaient sur Terre, car son groupe n'avait plus aucun contact direct et il n'était même pas sûr que les deux hommes puissent trouver des alliés, après tout ce temps. Ils avaient bien intercepté quelques messages échangés entre la base impériale et les appareils de ravitaillement, passés dans le système solaire, mais c'était très insuffisant pour se faire une opinion crédible sur la situation sur Ildaran Prime. Leur seule certitude était que la famille Seravon était toujours aux commandes et que Kera 1er demeurait l'Empereur. Restait-il encore des fidèles à la Maison Verakin ? Qu'elles étaient les allégeances des autres grandes familles ? Il faudrait reprendre contact avec la civilisation ildarane pour le savoir et leur situation actuelle ne les rapprochait pas de cet objectif.

Sarian jouait donc gros sur la tentative de fuite du Randor, mais, tant que l'Empereur aurait l'assurance que Paul était sur Terre, leur marge de manœuvre serait pratiquement nulle. Kera Seravon était même capable de dépêcher une flotte entière de ses troupes d'élite afin de ratisser la planète, en violation directe avec la Charte des Al-Heoxyrians.

Le jour commençait à décliner et il prit soudain conscience qu'il s'était laissé entraîner dans ses pensées. Il balaya du regard le pont du petit navire et aperçu Paul et Oria en train de bavarder. Il s'avança lentement dans leur direction, les yeux fixés sur l'horizon derrière eux.

Ils l'avaient vu s'approcher et, lorsqu'il arriva à leur niveau, la jeune femme lui expliqua qu'ils cherchaient à en savoir plus sur les capacités psychiques du jeune homme.

- Où sont les autres adolescents ? demanda l'homme.

- Je crois que Mél et Alex regardent une vidéo dans leur cabine et Stéphanie vient de descendre : elle commençait à avoir un peu froid. Lui répondit Paul en plissant les yeux, car Sarian s'était appuyé sur le bastingage arrière bâbord et le soleil lui auréolait la tête, lui donnant un air surnaturel.

La compagne de Paul avait en effet rejoint sa cabine et pensait ironiquement à cette semaine de vacances censée être son cadeau d'anniversaire. Elle eut un sourire intérieur en pensant à Paul, qui aimait les sensations fortes : il devait être pour le moins comblé. Elle l'était nettement moins et s'interrogeait toujours sur les intentions de ces curieux individus. Elle ne se sentait pas en danger en leur compagnie, mais ne comprenait absolument pas leurs objectifs et ne croyait pas un mot à cette histoire d'extraterrestres.

L'adolescente rationnelle ne pouvait accepter cette histoire rocambolesque d'empire interstellaire, même si certains détails paraissaient crédibles. C'est donc l'esprit troublé qu'elle se glissa dans la douche de la petite cabine, regrettant que son amant ne soit pas à ses côtés.

Paul avait toute autre chose en tête. Il souhaitait en apprendre un peu plus sur ce soi-disant empire d'Ildaran et interrogea directement Sarian, qui finit par s'installer sur le transat libéré par Stéphanie, quelques instants plus tôt.

Comprenant que le moment était venu d'en dévoiler un peu plus, l'homme se lança.

- Pour que tu comprennes bien la situation, le plus simple est que je te fasse un résumé de notre évasion d'Ildaran Prime, il y a dix-sept ans.

Et il commença à lui narrer l'histoire de leur fuite à bord du Randor et leur arrivée sur Terre.

- Avant que la milice, de l'une des plus vieilles familles de l'Empire : les Seravon, n'attaque la maison Verakin et n'élimine toute ta famille, personne n'avait jamais imaginé l'idée d'un putsch sur Ildaran Prime, tant le système politique était stable depuis des millénaires. Heureusement pour toi, une unité de recherche avait présenté la veille, à l'Empereur, un prototype d'appareil furtif. Celui-ci était resté sur l'astroport privé du palais impérial et ton père, qui comprit immédiatement qu'il était la cible prioritaire du putsch, nous ordonna de te mettre à l'abri. Nous t'avons emmitouflé dans une couverture et avons réussi à nous enfuir à bord de ce vaisseau : le Randor. Cet appareil possède la particularité de pouvoir masquer sa propulsion.

Paul se sentait mal à l'aise en l'écoutant, car, même s'il n'avait aucun souvenir conscient de cette période, il s'immergeait dans l'histoire et ressentait la douleur encore fraîche de ce douloureux épisode de son existence. La fraîcheur du crépuscule tombait sur le petit bateau, mais Paul ne sut jamais si les frissons ressentis, à ce moment-là, venaient de la température ou du récit de Sarian.

L'ildaran lui narra comment ils étaient restés immobiles dans l'espace, propulseur coupé, afin d'échapper à toute détection, et comment ils avaient attendu trois semaines que l'étau se desserre pour quitter le système d'Ildaran Prime. Le vaisseau avait alors pris la direction de la Terre et ils étaient arrivés dans le système solaire près de six semaines après avoir quitté la planète capitale de l'empire.

Paul était captivé par les paroles de cet homme, mais sans parvenir à l'accepter consciemment alors que toutes les fibres de son être le ramenaient à cette réalité. Ne semblant pas percevoir le trouble de l'adolescent, ou préférant l'ignorer, Sarian continuait inlassablement son histoire.

- Le nouvel Empereur a lancé les forces spéciales à ta recherche dans tout l'espace connu. Toutes les unités de l'empire ont reçu comme mission de t'appréhender ou de t'éliminer.

Sarian et son équipe avaient donc choisi de se cacher une planète, loin des voies de communication de l'empire, en espérant se faire oublier.

- Mais comment connaissiez-vous la Terre ? s'enquit l'adolescent, pensant avoir trouvé une faille dans le récit de son narrateur.

Oria relaya Sarian et lui expliqua que, depuis que les Ildarans naviguaient dans l'espace, chaque planète habitable découverte était répertoriée. L'empire y installait une petite base pour étudier l'évolution technologique des habitants et rechercher des traces de civilisations non humaines. Une sorte de mission archéologique pour les chercheurs impériaux. Ildaran gardait également un œil sur les civilisations humaines dans le but de les intégrer dès que leur niveau scientifique et industriel était jugé satisfaisant. Il s'agissait aussi d'une mesure préventive pour empêcher une civilisation concurrente de s'en emparer et cela s'était déjà produit trois fois depuis trente-cinq mille ans. Les contacts étaient établis lorsqu'une civilisation atteignait un niveau de développement technologique lui permettant de concevoir des appareils habités capables de quitter leur système solaire.

C'était donc tout naturel que la Terre ait vu l'installation une antenne de l'empire. Malheureusement, ils ne connaissaient pas précisément sa localisation, son importance et surtout ses capacités militaires. Depuis leur arrivée, ils avaient pu observer de nombreuses activités au-dessus de l'Australie et il était vraisemblable que la base impériale se situe sur ce continent.

Sarian relaya Oria et revint sur le présent en expliquant à Paul que sa sécurité avait été assurée jusqu'à ce que l'adolescent apparaisse à la télévision dans le reportage de France 3. L'équipe avait alors compris que les logiciels de surveillance allaient vraisemblablement le repérer et ils avaient renforcé leur protection. Les évènements s'étaient ensuite enchaînés trop rapidement pour qu'ils puissent prendre une autre initiative que la fuite.

Paul avait des milliers de questions, mais n'osait les interrompre tant le récit le captivait. L'ildaran continua donc tranquillement.

- Maintenant que ta présence est confirmée, les impériaux ont alerté l'empire.

Ils s'attendaient que l'Empereur envoie une flotte avec les forces spéciales et leur vaisseau prototype n'était pas suffisamment armé pour affronter des navires de guerre.

Sarian confessa son dilemme d'avoir dû trancher entre : tenter directement de s'échapper du système solaire ou se fondre dans la population terrienne. Mais, finalement, laisser Paul embarquer sur l'aviso furtif lui avait paru trop risqué, car ils ignoraient de quelles ressources disposait l'antenne impériale et le Randor ne pouvait pas atteindre les frontières du système solaire sans recharger ses condensateurs énergétiques. Cette phase cruciale offrait des probabilités d'interception trop élevées pour que Sarian ait pris le risque de laisser le garçon monter à bord.

Les explications d'Oria et Sarian soulevaient naturellement une multitude de questions et les deux Ildarans peinaient à maintenir un récit chronologique cohérent face aux interrogations de Paul. Ils durent en particulier expliquer comment l'Empire avait découvert la matière noire et canalisé l'énergie associée. C'était cette formidable énergie qui permettait de replier l'espace et d'ouvrir des trous de vers permettant un déplacement instantané. Paul apprit aussi que c'était l'un de ses ancêtres qui avait inventé, trente-sept mille cinq cents ans plus tôt, une technologie pour transformer la matière noire en énergie et la stocker. C'était la famille Seravon qui avait découvert la matière noire et les rivalités dataient de cette époque, enfin c'était la légende.

Sarian raconta ensuite comment d'autres grandes familles avaient découvert la navigation dans l'espace, la fabrication de nouvelles armes ou l'activation de boucliers énergétiques et bien d'autres usages, tous basés sur l'énergie produite à partir de la matière noire. Depuis trente mille ans, la civilisation ildarane vivait à l'apogée de sa puissance grâce à cette énergie sans limites et bon marché.

Son interlocuteur ne semblait plus pouvoir s'arrêter et narra comment ils naviguaient entre les étoiles grâce à une technologie appelée saut quantique ou trou de vers. Le propulseur *Randarion,* du nom de son inventeur, enveloppait le vaisseau d'un champ de courbure et fusionnait la trame de l'espace pour apparaître au point de destination. Paul apprit ainsi qu'il était indispensable de s'éloigner de l'attraction de l'étoile pour activer un trou de vers sous peine de déstabiliser la gravité du système dans son entier. Il y avait eu de tristes expériences et un système solaire complet avait dû être évacué, suite à un accident de saut, il avait trente-deux mille cinq cents ans.

Le récit devint encore plus passionnant lorsque Sarian fit allusion aux Al-Heoxyrians. L'ildaran lui conta comment le premier vaisseau à avoir atteint un système comportant une planète habitable avait été averti par un message très explicite. Ce message édictait deux règles intangibles : ne pas utiliser le saut quantique dans la sphère gravitationnelle de l'étoile et ne pas intervenir auprès d'une civilisation préspatiale. Personne n'avait jamais observé ces Êtres et les seules preuves de leur existence avaient été, pendant des millénaires, ces avertissements, émis à proximité de chaque planète humano-compatible.

La violation de cette Charte était punie de la destruction du système planétaire du contrevenant. Une menace assez dissuasive qui avait été respectée plus de cinq mille ans, après le premier message d'avertissement.

- D'où vient ce nom d'Al-Heoxyrian ? demanda le garçon.

- C'est un mot ildaran, très ancien, qui symbolise plusieurs concepts : à la fois concepteur, ordonnateur et entité supérieure. C'est un mot, vieux de dizaines de milliers d'années, utilisé jadis par les Ildarans qui pensaient que leur monde avait été créé par des divinités. Cela représente bien l'idée que nous nous faisons de ce qu'ils pourraient être.

Paul ne perdait pas une miette des explications et son jugement commençait à se modifier. Il était tenté de croire à cette fantastique histoire, mais était encore loin de se douter de ce que lui réservait le récit de Sarian.

Ce dernier retraça la première intervention directe des Al-Heoxyrians. Tout avait commencé avec la république de Brasky : une civilisation guerrière située à trois mille trois cents années-lumière d'Ildaran Prime. Celle-ci utilisa la propulsion d'un vaisseau pour détruire le système de Vernissos, l'un des mondes de l'empire, qui fut anéanti après que l'appareil braskyien ait ouvert intentionnellement un trou de vers trop près de son étoile. La réaction fut immédiate et brutale : les dirigeants de Brasky reçurent un message indiquant que leur soleil serait détruit dans cent heures locales et que toute la population devait évacuer. Malheureusement pour les habitants, les dirigeants de cette république autocratique ne prirent pas cet avertissement au sérieux et, cent heures plus tard, le soleil se transforma en nova, détruisant toute la région de l'espace sur plus de sept années-lumière. Les Al-Heoxyrians ne s'étaient pas dévoilés, mais il n'était plus possible de croire à une coïncidence. L'information fit le tour de tous les mondes habités et la Charte fut scrupuleusement respectée depuis cette date. La démonstration avait quand même coûté la vie à plus de huit milliards d'humains, répartis sur plusieurs planètes ou satellites du système de Brasky.

Paul se demanda qui pouvait ainsi supprimer plus de huit milliards d'êtres humains sans leur donner une seconde chance, si cette histoire était réelle et pas uniquement imaginée par un mystificateur ou un psychopathe.

Sarian revint ensuite sur les grandes familles de l'empire qui s'affrontaient parfois violemment, mais ne pouvaient pas rompre la charte sous peine de destruction de leur planète mère. Depuis le début de l'expansion spatiale, les grandes familles s'étaient appropriées au moins une planète, voire plusieurs, qu'elles régentaient comme des souverains locaux. La planète d'origine, Ildaran Prime était devenue le siège impérial où résidaient les Verakin, mais la famille de Paul administrait quatre autres systèmes de première importance. Tout du moins avant le putsch.

Le garçon buvait littéralement les paroles de son narrateur se demandant quelles seraient les limites de ce récit. Il alternait, sans cesse, entre fascination et doutes et commençait à avoir mal à la tête, phénomène rare chez lui.

Oria poursuivit en précisant comment *Facel Randarion* avait découvert les trous de vers et les contraintes de ce mode de transport. Il fallait que le vaisseau soit parfaitement immobile et accord avec la rotation de la galaxie. Les scientifiques appelaient cela : la stabilisation inertielle.

Le vaisseau devait synchroniser sa vitesse avec le déplacement des étoiles autour de lui. Notre galaxie est une spirale en rotation et les étoiles, entre elles, sont comme sur un disque : celles qui sont le plus éloignées du centre tournent plus vite. Un vaisseau, utilisant la propulsion Randarion, devait donc calculer, très précisément, sa position et sa vitesse relative à son point de départ. Comme c'était un calcul très délicat, il y avait toujours de très légères variations et aucun navire ne parvenait à émerger exactement au point prévu. Néanmoins, la technologie était suffisamment précise pour arriver dans le bon système solaire.

À cela il fallait ajouter les perturbations gravitationnelles si l'on était trop près de l'étoile. Dans le système solaire, par exemple, il fallait dépasser l'orbite de Pluton. Il était ainsi possible d'ouvrir un trou de vers à l'intérieur de la ceinture de Kuiper, bien que l'attraction du soleil se fasse encore sentir, car elle était suffisamment faible pour transiter sans perturber gravement l'équilibre gravitationnel du système planétaire. Tout au plus, cela déclencherait une tempête solaire.

Paul était fasciné par les détails fournis par Sarian, il apprit également que, dans les limites des systèmes planétaires, les vaisseaux utilisaient des propulseurs à ondes gravitationnelles qui s'appuyaient sur la gravité de la matière noire du système lui-même pour se déplacer. Cette technologie requérait beaucoup moins d'énergie que pour ouvrir un trou de vers. Les appareils capables de se déplacer entre systèmes étaient généralement assez gros pour embarquer les massifs condensateurs Verakin, indispensables pour stocker l'énergie nécessaire au saut. Il fallait, suivant les appareils, parfois plusieurs heures pour capter de la matière noire en quantité suffisante et pour transformer assez d'énergie et activer un saut vers un autre système.

Paul rêvait déjà de s'élancer dans l'espace à bord d'un croiseur de l'empire, mais il crut avoir trouvé une faille dans leurs explications. ORTHO

- Vous m'avez expliqué qu'il était dangereux d'utiliser les sauts quantiques à l'intérieur d'un système planétaire. Pourtant nos ennemis ont utilisé cette technologie pour nous rattraper au Maroc, non ? fit remarquer l'adolescent, content de lui.

- Je vois que tu suis parfaitement, Paul. Sourit l'homme. Tu as raison, mais on ne peut effectuer que des sauts locaux, sur de petites distances de quelques milliers de kilomètres et avec de très faibles masses : petits drones, individus, etc. En aucun cas avec un appareil lourd. C'est pour cela que les impériaux doivent utiliser leur croiseur pour expédier la sonde messagère depuis la périphérie du système solaire. Compléta-t-il.

- Les sondes ne peuvent pas se déplacer par leurs propres moyens ? s'enquit le garçon à la recherche d'une autre faille dans leur histoire.

- Si. Répondit Oria. Mais beaucoup moins rapidement qu'un croiseur, car leurs propulseurs gravitiques sont peu puissants et nos adversaires sont pressés d'avertir l'Empereur. Dans chaque système solaire de l'Empire, il y a des sondes en périphérie, prêtes à transiter, mais ici il y a peu de communication et c'est pour cela qu'ils doivent en acheminer une à un point de saut.

Sarian revint ensuite sur leurs activités depuis leur arrivée sur Terre et conta à Paul comment son équipe veillait sur lui depuis dix-sept ans et comment ils avaient choisi de rester à l'écart de sa vie au quotidien.

- Et pourquoi la France ? s'enquit le garçon.

- Un pur hasard. Nous cherchions une région pour dissimuler notre base et avons trouvé un endroit idoine dans le sud-ouest de ce pays. Le choix de Paris s'est imposé ensuite, car il s'agissait d'une grande ville où il était assez simple de se dissimuler. Répondit la jeune Ildarane, s'attendant à un afflux émotionnel de la part du jeune homme. En effet, bien qu'il chercha à le dissimuler, l'adolescent laissa transparaître son trouble à l'évocation de cette période.

Elle enchaîna aussitôt pour détourner ses pensées et lui expliqua qu'ils attendaient qu'Ishar devienne adulte et soit en pleine possession de ses capacités pour terminer sa formation. La croissance des Ildarans, modifiés génétiquement depuis trois cent cinquante siècles terrestres, les amenait à être adultes vers l'équivalent de vingt-cinq années terrestres. L'objectif initial de Sarian était que, dès que l'opportunité se présenterait, de le ramener dans l'espace contrôlé par l'Empire pour lui faire reprendre ses droits sur le trône.

Chapitre 12

Tout ce récit avait pris plusieurs heures et pendant ce temps leurs adversaires étaient en alerte maximum.

Florilius s'était laissé surprendre par le degré de réactivité de l'équipe de protection d'Ishar. Cette erreur de jugement risquait de lui coûtait cher, car il avait perdu la trace du jeune Verakin, malgré les quarante drones de surveillance, lancés à ses trousses. La piste s'arrêtait à Marrakech. Le responsable de la base terrestre avait fait surveiller tous les aéroports, les ports, les systèmes informatiques de la police et des armées de tous les pays limitrophes. Rien n'y faisait : la cible et son équipe de protection s'étaient volatilisées. L'officier mettait ses hommes sous pression, car il craignait la réaction de la Sécurité Impériale lorsque celle-ci allait débarquer.

Durant ces années passées sur Terre, Florilius n'avait pas eu beaucoup de nouvelles d'Ildaran Prime et n'était pas au fait du changement des rapports de force entre les grandes familles de l'Empire. La prise de pouvoir des Seravon sur les Verakin n'avait pu se faire qu'avec la complicité de plusieurs autres grandes familles ou du moins de leur neutralité, mais peu d'information avait filtré à l'époque. On savait uniquement que l'ancien empereur avait perdu la vie ainsi que sa famille lors de l'attaque du palais sur Ildaran Prime. Quelques proches avaient disparu ensuite dans différents accidents parfois suspects, mais Florilius n'en savait pas plus.

La réapparition potentielle d'un héritier Verakin pouvait déclencher une nouvelle guerre entre les familles dirigeantes et provoquer le chaos dans l'Empire. La garde prétorienne du nouvel empereur allait chercher, à tout prix, à éviter cette situation et ne manquerait pas de reporter la faute sur lui s'il ne retrouvait pas la trace du fugitif.

Le commandant de la base australienne ne faisait pas trop de différence entre les Verakin, les Seravon ou les autres grandes familles. Pour le commun des Ildarans, la vie n'avait pas beaucoup changé même s'il courait certains bruits sur la brutalité, souvent excessive, du nouvel empereur. Des bruits qui ne rassuraient d'ailleurs pas Florilius et il souhaitait vivement retrouver la piste d'Ishar, avant l'arrivée de la Sécurité. Le commandant regrettait de ne pas disposer de drones de chasse armés à la place de simples drones de surveillance.

- Commandant, en analysant les enregistrements de la surveillance satellite, nous avons retrouvé la trace d'un véhicule qui fuyait vers l'ouest. Malheureusement le temps était couvert et nous n'avons que sa signature thermique, car les drones ne couvraient pas encore cette zone, à ce moment-là. Les fugitifs pourraient avoir pris la direction d'une ville de la côte : Essaouira ou Agadir, plus au sud, l'intervention de Gorantim, lieutenant de Florilius, tira ce dernier de ses pensées.

- Bien, envoyez deux drones sur cette piste, bien que je pense plutôt qu'ils soient remontés vers le nord pour revenir en Europe. Ordonna Florilius. C'est ce que semble indiquer la détection de l'appareil furtif qui nous a échappé. Néanmoins il ne faut négliger aucune option et avec la signature thermique il devrait être assez facile à retrouver.

- Bien commandant. Je ne pense pas non plus qu'ils soient partis vers l'ouest, mais ne négligeons aucune piste, la Sécurité Impériale pourrait nous le reprocher. Gorantim salua son chef et se replongea dans ses analyses.

- LE CARUSIF SE RAPPROCHE DU POINT DE SAUT POUR L'ENVOI DE LA SONDE MESSAGERE. AUCUNE TRACE D'UN AUTRE VAISSEAU DANS LE SYSTEME. Informa l'IA de la base avec la voix androgyne qui caractérisait le calculateur semi-intelligent.

Florilius enregistra l'information, mais il repensait au son de la voix de son lieutenant et constata qu'il n'était pas le seul à redouter la garde prétorienne de l'empereur. Il faut dire que cette unité très spéciale vivait totalement à l'écart des autres militaires et que ses membres recevaient une formation d'élite. Ils n'obéissaient qu'à l'empereur et avaient une réputation de fanatiques encore plus forte que celle de la précédente unité attachée à la famille Verakin. Certaines rumeurs faisaient même état d'injection de Nanocrytes de niveau sept, ce qui, en théorie, était interdit en dehors du cercle des huit grandes familles fondatrices. Certains leur prêtaient même des pouvoirs maléfiques, un comble dans une société technologique comme Ildaran qui avait cessé de croire au spiritisme, des dizaines de milliers d'années plus tôt.

La salle tactique se vida progressivement, car la plupart des membres de l'équipe souhaitaient se reposer ou prendre un repas.

- Restez un moment Gorantim. Il y a un point que je souhaiterais discuter avec vous, ajouta Florilius.

- Je vous écoute, commandant. De quoi s'agit-il ? demanda Gorantim en levant la tête de ses dossiers, l'air surpris.

- Je me demande comment l'héritier Verakin a pu stationner sur Terre sans que nous détections la signature d'un vaisseau sous propulsion gravitique. Il utilise bien cette technologie de vol puisque nous avons décelé l'anomalie gravitationnelle de l'appareil au décollage. Répondit le commandant.

- Oui en effet. Je n'y avais pas songé dans l'urgence de la traque, mais c'est un point à élucider, car la Sécurité va certainement nous poser la question. Lâcha le lieutenant soudain mal à l'aise.

- C'est pourquoi je voudrais que l'on revérifie toutes les traces de détection, même les plus infimes, qui auraient déclenché une alerte durant ces dix-sept dernières années.

L'officier ordonna que son adjoint répertorie toutes les alertes afin de savoir si dans l'équipe quelqu'un avait jugé qu'il s'agissait d'une erreur de détection ou d'un parasite naturel. Le commandant souhaitait savoir s'il y avait des pro-Verakin dans sa base ou s'il s'agissait d'une simple erreur technique. Il craignait que leurs supérieurs n'apprécient que modérément cette bavure alors qu'ils dépensaient une énergie considérable pour surveiller ce système. Loupé un appareil qui était resté stationné, tout ce temps, paraissait inconcevable même si c'étaient leurs prédécesseurs qui en étaient responsables. Il ordonna également le déploiement de drones à la recherche de trace d'énergie Kin dans l'espoir que les condensateurs du vaisseau aient laissé échapper une signature énergétique.

- Il faut retrouver leur base avant l'arrivée de la Sécurité Impériale, même si elle est désertée. Mettez également en alerte la plateforme de tir de Protée : si un appareil se rapproche de l'orbite de Neptune et passe à sa portée, abattez-le et demandez au Carusif d'être prêt pour une interception dès que la capsule messagère aura transité. Florilius ne pouvait pas faire plus, mais au moins ses initiatives démontreraient à la SI qu'il se préoccupait du sujet.

- Bien, commandant. Je m'en occupe immédiatement. Mais si nous abattons ce vaisseau, cela risque d'alerter les terriens. Objecta Gorantim, inquiet de toute initiative qui pourrait lui être reprochée par la Sécurité Impériale.

- Ils ne devraient pas s'en apercevoir à cette distance. D'après nos rapports, ils ne disposent pas encore de technologie de détections capables d'enregistrer les anomalies gravitationnelles ou la formation d'un mini trou noir. Néanmoins, transmettez l'ordre d'aborder le vaisseau et de capturer l'équipage, si c'est possible. Si ce n'est pas réalisable, détruisez-le, mais en aucun cas ce navire ne doit nous échapper. Je préfère subir le courroux de l'empereur plutôt que d'être accusé d'avoir laissé filer l'appareil abritant un héritier Verakin. Réfuta Florilius.

Le commandant savait néanmoins que les terriens commençaient à développer des interféromètres géants qui pourraient bientôt repérer les pics de gravité provoqués par la propulsion de son croiseur. Un rapport de Golchem de la base prévoyait que, dans un délai de dix à vingt années locales, les recherches déboucheraient sur des instruments suffisamment performants pour y parvenir.

- Et les Al-Heoxyrians ? Cela viole leur loi numéro 2. Essaya encore Gorantim.

- C'est un faible risque à courir, ce n'est pas une intervention directe sur la planète et ses habitants. Après tout, le vaisseau des fugitifs n'est pas autorisé par l'Empire à se trouver ici, nous agissons pour protéger la Terre de contacts extérieurs non ? Exécution ! ordonna finalement Florilius, qui s'étonnait de la contestation de son adjoint. Un doute s'immisça dans son esprit, Gorantim serait-il favorable aux Verakin ?

Une contestation au sein de son équipe pouvait être fatale au moment d'une inspection par la Sécurité Impériale. Florilius essaya de se remémorer les années passées dans la base et les positions de son lieutenant, sans trouver aucune critique sur la politique de l'empire. Néanmoins, cela ne voulait pas dire qu'il n'en eut pas et Florilius se mit à espérer que son subordonné ne fut pas un activiste.

Le commandant était à la tête de la base australienne depuis trois années terrestres et n'appréciait pas particulièrement être isolé si loin de l'Empire, dans ce trou perdu dans un autre bras spiral de la Voie Lactée. Il espérait que cette occasion de se faire remarquer positivement par l'Empereur lui donnerait la possibilité d'être muté sur Ildaran Prime. *Pourquoi pas à la sécurité de l'Empereur lui-même ?* Rêva-t-il.

Il s'imaginait déjà être félicité par l'Empereur devant la Cour et songea à la courte histoire de cette base impériale qui allait peut-être lui offrir un tremplin pour sa carrière militaire.

La base terrienne de l'Empire d'Ildaran avait été établie en 1947, suivant le calendrier terrestre occidental terrien, après la découverte du système par un navire d'exploration du clan Averdin. La famille Averdin était vassale des Uphrasite, famille régnante du système d'Orcaphin, 88e système habitable découvert par l'Empire cinq mille cinq cents ans plus tôt. Les Averdin résidaient dans le système d'Orcaphin et possédaient une importante flotte d'exploration minière.

Un incident de saut avait éloigné le navire de prospection de sa zone de recherche initiale et il s'était retrouvé à quelques dizaines d'années-lumière du système solarien. L'équipage avait alors eu la surprise de capter des flux de communications et n'avait pas mis longtemps pour découvrir l'origine de ces émissions radio.

Comme c'était devenu une habitude, lorsqu'un navire à propulsion quantique émergeait à proximité d'un système humano-compatible, le message des Al-Heoxyrians avait énoncé les deux avertissements intangibles. Les Averdin avaient aussitôt compris qu'ils venaient de découvrir un Nouveau Monde humain. L'Empire avait alors répertorié la Terre comme planète préspatiale, décrété le black-out et installé la petite station scientifique.

Florilius avait encore en mémoire les nombreux rapports sur les soucis rencontrés par la première équipe. Elle avait choisi d'installer la base dans un endroit sauvage et montagneux, dans la région des Cascade Mountains sur le continent nord-américain.

Cette région avait été privilégiée initialement en raison de l'avancée technologique de la nation englobant cette zone géographique. Cela semblait plus commode pour les scientifiques d'être au plus près de leur zone d'étude.

Malheureusement, les premiers Ildarans ignoraient le climat de guerre froide, entre nations, régnant à cette époque et n'avaient pas été assez prudents.

Florilius sourit intérieurement en songeant aux multiples contacts involontaires avec la population locale, déclenchés par les vols de glisseurs et navire de transport. Les autochtones avaient failli les découvrir officiellement.

Le premier incident survint en 1947 lorsqu'un avion de tourisme aperçut l'un des premiers glisseurs qui cherchaient un site viable pour l'installation de la base. L'incident le plus grave survint le 7 janvier 1948 lorsque la marine ildarane dut engager un appareil de contrebandiers qui cherchait à se poser sur Terre. L'incident aurait pu tourner au drame, car l'un des appareils fut aperçu par un capitaine de l'armée de l'air américaine qui se tua dans son F51 Mustang en s'approchant trop près des champs antigrav.

Le commandant de l'époque décida alors de rechercher un autre site de secours par précaution. C'était une très bonne initiative qui servit par la suite, mais cette recherche coûta la vie d'un autre terrien quand le glisseur de combat fut signalé, par un jeune pilote à bord d'un avion Cessna, à deux cents kilomètres de Melbourne le 21 octobre 1948. Malheureusement, l'avion de tourisme percuta frontalement l'appareil ildaran et le commandant de l'époque dut faire disparaître les restes de l'avion et le pilote.

Mais le pire incident fut celui de 1954 et Florilius n'aurait pas aimé être à la place de commandant qui dut gérer cette crise qui faillit déboucher sur une guerre ouverte avec la République de Lorka, en plus de l'agitation déclenchée sur Terre.

À cette période, la république découvrit également la Terre et envoya plusieurs vaisseaux d'observation. En novembre 1954, les Ildarans durent engager un vaisseau de combat de la Fédération de Lorka, dans le ciel de Madagascar, car l'appareil semblait vouloir se poser malgré l'ordre formel de quitter la planète. Le faisceau disrupteur de sommation fut tiré trop près de la ville de Tananarive et cela provoqua une énorme panne d'électricité et une chasse aux OVNI sur toute la planète, car les croiseurs avaient été aperçus. Le commandant de l'époque reçut l'ordre de cesser tout déplacement pendant plusieurs mois, déclenchant la grogne de l'équipe scientifique.

Les Ildarans décidèrent, depuis lors, de stationner leur croiseur sur la face cachée de la Lune où la marine finit par installer une base de défense planétaire. Mais personne n'envisagea qu'un appareil terrien viendrait les chercher là et en novembre 1969 la mission spatiale Apollo 12 aperçut le Carusif en orbite lunaire. Depuis cette date, les procédures de sécurité avaient été considérablement renforcées et les appareils impériaux n'avaient plus été repérés. La base lunaire fut dissimulée à trois cents mètres sous la roche et aucun matériel n'était autorisé à stationner en surface. La base terrestre de Cascade Mountains fut progressivement déménagée en Australie malgré les protestations des scientifiques présents à l'époque.

Les membres de l'expédition avaient ensuite été particulièrement précautionneux et avaient réussi à rester dissimulés malgré l'évolution significative de la technologie sur la planète, depuis plusieurs décennies.

L'équipe permanente comprenait une quarantaine de personnes, dont douze militaires de la spatiale et des civils, spécialisés dans l'intelligence scientifique. Cette équipe surveillait attentivement les évolutions technologiques des terriens attendant la découverte de la propulsion quantique par saut ou des avancées sur l'utilisation de la matière noire. Une partie de l'équipe scientifique avait également la charge de rechercher des sites archéologiques et des traces d'interventions des Al-Heoxyrians.

Certains membres de l'unité scientifique s'étaient même fondus dans la population dans des centres de recherches pour mieux surveiller les évolutions des terriens dans les technologies sensibles pour l'Empire. En principe, les équipes étaient relayées tous les cinq ans terrestres, mais certains étaient là depuis plusieurs décennies. Ils avaient simplement dû dissimuler leur extraordinaire longévité aux yeux des autochtones. Il y avait peut-être dans l'équipe des éléments favorables aux Verakin qui les avaient aidés à s'installer sur Terre. Si c'était avéré, il fallait les identifier avant l'arrivée des troupes d'élite de l'empereur, songea le commandant impérial.

Depuis l'alerte, la totalité de l'équipe, civile et militaire ainsi que tous leurs équipements étaient focalisés sur la traque des fugitifs.

Le commandant sorti de sa rêverie : il cherchait des réponses.

- Comment ont-ils pu échapper aux drones de chasse ? s'agaçait-il.

- Nous avons perdu leur trace dans le centre de Marrakech. L'un de nos agents a été neutralisé. Il ne se souvient de rien, ce qui tend à démontrer qu'ils ont au moins un psykan avec eux. L'analyse de tous les véhicules en mouvement sur la zone se poursuit. Chaque signature répertoriée par nos satellites est analysée par l'IA. Nous finirons bien par retrouver quelque chose ! Deux drones sont maintenant affectés à la reconstitution de l'itinéraire de la signature thermique qui se déplaçait vers l'ouest répondit Jilien qui avait supervisé l'interception ratée et faisait tout pour faire oublier son échec.

Florilius ne décolérait pas : la technologie ildarane avait produit des calculateurs quantiques, des logiciels d'intelligence artificielle capables de retracer le parcours de chaque véhicule en mouvement et la machine semi-intelligente éliminaient les fausses pistes à une vitesse vertigineuse, mais malgré cette débauche de moyens, il n'y avait toujours aucune trace des fugitifs ! Aucune piste sérieuse n'avait émergé de l'IA et le commandant ne croyait pas trop à celle de l'ouest. *J'espère que nous allons découvrir quelque chose avant l'arrivée de la Sécurité Impériale sinon je vais passer des moments désagréables.* Songea-t-il.

*

Chapitre 13

Pendant ce temps, de l'autre côté de la planète, le First Episode filait à vingt-cinq nœuds en direction de Madère et Sarian relatait toujours l'histoire de l'Empire.

Paul était littéralement scotché au récit du chef de la garde de son père biologique ou présumé tel

- Sarian, il y a un point qui me semble curieux : comment se fait-il que nous soyons si semblables ? Il est impossible que l'évolution ait pu être la même sur plusieurs planètes différentes, d'autant que les conditions de vie ne doivent pas être totalement identiques ? Gravité, composition de l'air, tailles des planètes… Demanda finalement Paul, qui avait cette question en tête depuis plusieurs minutes.

- C'est une question fondamentale à laquelle nous n'avons pas de réponse formelle malgré trois cent cinquante siècles de recherches.

Sarian lui expliqua que les scientifiques de l'Empire pensaient que les Al-Heoxyrians étaient derrière ce phénomène, mais ils n'avaient jamais pu le prouver. Aucune expédition scientifique n'avait jamais trouvé de traces matérielles de leur présence et sans les messages d'avertissement et la destruction de la République de Brasky il aurait été impossible d'affirmer leur existence.

Oria compléta l'explication en ajoutant que tous les peuples rencontrés étaient indéniablement humains. Il y avait de petites différences liées aux particularités planétaires comme la taille, la couleur de peau, mais, génétiquement, il s'agissait de ce que les terriens appelaient des homo-sapiens.

Les scientifiques ildarans étaient unanimes pour estimer que ce ne pouvait pas être un hasard. La similitude entre les planètes habitables et la capacité des Al-Heoxyrians à faire exploser un soleil laissait penser qu'ils étaient certainement intervenus dans l'évolution des planètes habitables pour les rendre plus conformes à la vie humaine.

L'Empire avait répertorié des centaines de planètes humano-compatibles, certaines plus grosses ou plus petites que la Terre et Ildaran Prime, mais elles possédaient toutes des gravités et des masses proches, avec moins de 3% d'écarts. Ces planètes se situaient à des distances différentes de leurs soleils respectifs, eux-mêmes plus ou moins massifs et chauds, mais les équilibres des températures et des climats restaient similaires. De plus, dans chaque système humano-compatible on trouvait une planète jovienne géante, au-delà de l'orbite de la planète habitable, qui jouait le rôle de piège gravitationnel et la protégeait du bombardement d'astéroïdes et de comètes.

La dénomination al-Heoxyrian venait d'ailleurs de la méconnaissance réelle de cette race, à savoir d'ailleurs si c'était une race, un être unique vivant ou artificiel.

- C'est très frustrant d'imaginer être surveillé par quelque chose, ou quelqu'un, qui a le pouvoir de détruire voire de façonner des systèmes solaires entiers. Répondit Paul songeur.

- Je suis d'accord avec toi et je peux t'assurer que des milliers de chercheurs se sont épuisés en conjectures sans trouver de réponses. Approuva Sarian.

Oria, qui avait soigneusement lu tous les rapports scientifiques expédiés via les sondes messagères confia à Paul que, d'après les scientifiques en poste, les Al-Heoxyrians étaient vraisemblablement intervenus sur Terre dans la disparition de Neandertal et de Cro-Magnon, supplantés par les homo-sapiens.

- C'est un peu tiré par les cheveux non ? lui sourit Paul.

- Pas tant que cela. C'est la situation actuelle qui est étrange : une seule espèce humaine a survécu alors que la plupart des autres mammifères comportent plusieurs espèces. Objecta la jeune femme qui se passionnait sur le sujet depuis des décennies.

Elle ajouta que la question se posait également sur Ildaran et d'autres planètes, déjà habitées par une civilisation humaine, découvertes par les vaisseaux de l'Empire.

Sarian compléta ses propos en précisant que des scientifiques terriens s'interrogeaient également, car l'espèce humaine, sur terre, avait failli disparaître cent mille ans plus tôt lorsque la population était descendue en dessous de dix mille individus. Mais il y eut soudain un boom démographique qui permit à l'espèce de coloniser la planète depuis l'Afrique.

Oria ajouta que d'après les chercheurs terriens, à cette époque, il y eut une mutation génétique : une désactivation de deux gènes qui eurent une incidence sur le système immunitaire. Cela offrit aux nouveaux humains une meilleure résistance bactérienne qui réduisit considérablement la mortalité des fœtus. Cette désactivation de deux récepteurs de l'acide sialique, chargés de réguler les réponses immunitaires, fut vraisemblablement responsable de la croissance démographique soudaine.

- Nous avons retrouvé ce type d'intervention sur plusieurs planètes habitées, dont Ildaran Prime. Il pourrait s'agir d'une intervention extérieure pour favoriser une espèce. Conclut la jeune femme qui semblait vraiment croire à une intervention al-Heoxyrian.

Le sujet troublait Paul, car il voyait, d'un seul coup, de nombreuses théories sur l'évolution darwinienne voler en éclat. Une information susceptible de bousculer pas mal de religions, songea-t-il. L'adolescent aurait aimé étudier plus avant toutes ces hypothèses, mais il lui semblait plus urgent d'en apprendre plus sur l'Empire si, bien sûr, celui-ci existait réellement.

La nuit était tombée sur la mer et un calme presque inquiétant les entourait, uniquement perturbé pas le faible ronronnement des moteurs et le glissement du bateau sur l'océan. Paul aspirait à rejoindre Stéphanie dans la cabine, mais il s'astreint à en apprendre plus sur la situation.

Le récit se poursuivit donc, à sa demande, sur les différentes familles de l'empire, les conglomérats industriels et marchands. Plus Sarian avançait dans ses explications, plus les questions étaient nombreuses. Devant tant de détails et de précisions, il devenait de plus en plus difficile de ne pas les croire, même si Paul aurait préféré une preuve indiscutable. Sarian lui avait assuré qu'il serait définitivement convaincu lorsqu'ils seraient tous en sécurité dans leur base située en Dordogne. Là il pourrait découvrir un large aperçu de la technologie ildarane qui devrait lever définitivement ses doutes.

C'est le moment que choisit Irias pour annoncer le dîner, en rappelant l'heure tardive.

- Merci, Irias, cela va nous changer les idées de dîner tous ensemble, sourit Oria. Paul, tu vas chercher tes amis ? ajouta la jeune femme.

- OK je rameute la troupe, répondit le garçon, encore troublé par l'histoire qu'il venait d'entendre. Stéphanie ne va jamais croire un truc pareil, sans parler de Mélanie pensa-t-il en s'engageant dans l'escalier qui s'enfonçait dans le bateau.

Paul frappa légèrement à la porte de sa cabine, mais Stéphanie devait l'avoir entendu, car elle ouvrit immédiatement et tenta d'attirer son amant à l'intérieur.

- Pas maintenant répondit Paul, en se détachant gentiment de l'étreinte de sa compagne le dîner est servi et tout le monde nous attend. Je dois prévenir Mél et Alex. Ajouta-t-il en se dirigeant vers la cabine suivante.

Mélanie et Alex mourraient de faim après leur sortie en jet et ils ne se firent pas prier pour rejoindre le carré.

Irias était un maître d'hôtel doublé d'un cuisinier hors pair et il avait réussi à leur concocter un dîner complet avec les maigres victuailles du bord.

Durant tout le repas, Sarian avait astucieusement orienté la conversation autour de leur prochaine destination afin d'éviter toute question embarrassante. Sa stratégie avait bien fonctionné, mais Paul n'était pas dupe. Néanmoins comme tout le monde commençait à accuser la fatigue l'adolescent ne chercha pas à relancer les débats et après un café bien serré, tout le monde alla se coucher.

L'équipe de Sarian préférait se reposer pour affronter la suite et il ne resta que Telius chargé de surveiller la navigation et les communications. Paul avait remarqué que, par instant, l'homme semblait un peu absent, l'adolescent apprendrait, par la suite, qu'il était en contact quasi permanent avec l'IA de leur base, à travers ses Nanocrytes de communication.

*

Chapitre 14

Pendant ce temps-là, à 3h du matin, heure de Marrakech ou 11h sur le fuseau horaire australien, Rliostem et Klosteran naviguaient à quarante pour cent de la vitesse de la lumière, allure maximum du Randor, vers l'extérieur du système solaire. L'aviso était indécelable sous sa couverture furtive, mais les niveaux d'énergie *Kin* baissaient inexorablement. Il faudrait bientôt activer les filets de captage pour recharger les condensateurs Verakin. Les deux hommes savaient qu'il leur fallait jouer serré, car dès que le navire serait détecté celui-ci serait la cible à abattre.

Les deux hommes de Sarian s'interrogeaient pour savoir s'il était préférable d'attendre au maximum pour s'éloigner le plus possible avant de couper le mode furtif ou garder un peu d'énergie pour manœuvrer en cas de besoin.

- Je suis favorable à ce que nous coupions le mode furtif dès maintenant. Suggéra Rliostem. Stoppons les propulseurs et continuons sur notre élan jusqu'à atteindre le 0,2C.

L'homme proposait de laisser le vaisseau croiser sur son ère, car ils se trouvaient à 4,2 milliards de kilomètres de la Terre et à 10,2 milliards de kilomètres du bâtiment des impériaux. À cette distance, la détection visuelle était impossible et leurs adversaires ne pourraient pas repérer un vaisseau avec une propulsion désactivée. Ce n'était que lorsque celui-ci commencerait à capter de la matière noire que les impériaux décèleraient sa position.

Je suis d'accord. De toute façon si nous continuons ainsi nous n'aurons bientôt plus d'énergie et il faudra, de toute façon, stopper totalement. *Acquiesça Klosteran.*

C'est ainsi que le Randor coupa ses propulseurs et son champ furtif. Il redevint visible, mais il était trop petit pour être repéré par des senseurs optiques. En l'absence de propulsion, les capteurs d'ondes gravitationnelles étaient inutiles et l'IA de la base impériale ne remarqua rien.

Néanmoins, sans propulsion et malgré une vitesse de 0,4 c au moment de l'arrêt des propulseurs, le Randor ne pouvait pas atteindre une distance suffisante, dans un délai raisonnable, pour atteindre un point de saut et s'échapper avant que la flotte de l'Empire n'émerge dans le système solaire. Rliostem et Klosteran étaient inexorablement condamnés à recharger les condensateurs Verakin au moins une fois pendant plusieurs dizaines de minutes.

La vitesse allait chuter progressivement, car la masse de l'appareil ne lui permettait pas de naviguer sur son élan à une telle vitesse. Ils avaient dû également couper les compensateurs de gravité qui neutralisaient l'écrasement des accélérations, des décélérations et des changements de cap. Même la gravité artificielle du vaisseau avait été déconnectée et les deux hommes se retrouvaient maintenant en apesanteur, car l'IA craignait en effet que des drones-senseurs ultra-sensibles ne repèrent la faible anomalie gravitationnelle provoquée par les générateurs.

*

En Australie, l'attente devenait intenable dans l'entourage de Florilius. Le commandant se reprochait, de surcroît, d'avoir envoyé ses hommes contre une unité d'élite améliorée aux Nanocrytes de type six et ressassait ses différents arguments face aux membres de la Sécurité Impériale.

Cela avait coûté la vie à Varle et l'état mental de Perti n'était pas excellent après l'interrogatoire du psykan ennemi. *Je dois pourtant reprendre l'initiative avant l'arrivée de la SI.* Fulminait-il intérieurement en faisant les cent pas dans la petite salle tactique, sous le regard de ses hommes aussi agités que lui. Jilien avait perdu son meilleur ami et rêvait de revanche. S'il parvenait à retrouver les hommes de Verakin, il ferait tout pour se venger et Florilius pensa qu'il faudrait le surveiller, car il n'était pas question de déclencher un combat ouvert sur le sol terrien.

- Comment peuvent-ils naviguer dans le système sans que nous n'enregistrions pas la moindre signature gravitique ? s'emporta Jilien

- J'ai entendu parler d'une technologie de camouflage il y a quelques années, mais j'ignorais qu'elle fut opérationnelle. À ma connaissance, il n'y a pas de vaisseau équipé de cette technologie en opération dans la flotte impériale. Lui répondit Gorantim. Si je me souviens bien, je crois que cette technologie consomme énormément d'énergie et je serais surpris qu'ils puissent atteindre une distance suffisante pour transiter sans avoir rechargé leurs condensateurs. Nous devons rester en alerte, ils vont réapparaître. Assura l'adjoint de Florilius.

- Quel dommage que nous n'ayons qu'un appareil : nous ne pouvons pas faire un blocus en périphérie du système. Regretta le commandant.

- Le Carusif vient d'envoyer la confirmation de l'envoi de la sonde, annonça l'IA de la base

- Ah parfait. Maintenant que la sonde messagère a été envoyée, je propose que nous déroutions le Carusif vers un point de saut. Si la masse du navire ennemi n'est pas trop inférieure à celle de notre vaisseau, leur point de saut devrait se situer dans la même zone périphérique. Avec de la chance, ils seront à portée de tir au moment de la stabilisation inertielle. Plus nous nous rapprocherons, plus nous aurons de chance de l'intercepter dès qu'il apparaîtra sur les senseurs. Intervint Gorantim

- Excellente idée, Gorantim. Donnez l'ordre au croiseur d'atteindre une distance de saut et d'attendre nos instructions. Se réjouit Florilius. On va les avoir !

- Ils ont dû couper leurs propulseurs pour économiser l'énergie et continuer sur leur lancée. Émit Gorantim avec un ton plein d'assurance.

Le second de Florilius s'était intéressé au sujet, car juste avant la chute des Verakin, il se souvenait qu'une unité de recherche originaire de sa planète avait annoncé avoir découvert une technologie permettant de masquer les anomalies gravitationnelles générées par la propulsion gravitique.

- C'est probablement comme cela qu'ils sont arrivés sur Terre sans se faire repérer. J'ai fait lancer tous les drones de surveillance basés sur la lune dans toutes directions et ceux basés sur Io, l'un des satellites de Jupiter. S'ils ignorent l'existence de cette base et qu'ils croisent l'orbite de Jupiter pas trop loin de la planète jovienne, nous les repérerons. Affirma Gorantim, sûr de lui.

- Très bonne initiative, si nous repérons je le mentionnerai aux unités impériales. Jubilait presque Florilius en s'appuyant sur ce dernier espoir de se faire bien voir de la SI.

*

Chapitre 15

Sur l'Atlantique, le First remontait plein nord à vingt-cinq nœuds quand, vers 3h30, la sonnerie du portable tira Sarian de son sommeil.

Les senseurs à longue portée de la base avaient détecté l'anomalie gravitationnelle d'un saut quantique effectué par un engin de faible masse puis le mouvement du vaisseau ennemi qui accélérait vers l'extérieur du système solaire.

- Ils ont expédié une sonde messagère. Tu penses qu'il navigue vers un point de saut et qu'ils ont repéré le Randor ? demanda Sarian à Numarion, qui était de garde aux communications.

- Non, cela m'étonnerait qu'ils l'aient repéré. Ils doivent chercher à atteindre un point de saut pour tenter de l'intercepter au moment de la stabilisation inertielle. Lui répondit son interlocuteur.

- Rien d'autre sur les senseurs ? demanda Sarian, inquiet.

- Non. Rien du tout. Soit Rliostem et Klosteran sont encore en mode furtif, soit ils courent sur leur ère et ont coupé la propulsion gravitique. Je penche pour la seconde solution compte tenu du niveau d'énergie Kin à l'appareillage. Suggéra Numarion.

- Cela signifie que l'on ne va pas tarder à les détecter dès qu'ils enclencheront les filets de captage. Nous devrions en profiter pour bouger : nos adversaires vont se focaliser sur le Randor. Transmit Sarian.

L'homme ne put se rendormir, songeant à ses hommes et à son aviso. Il doutait encore de son choix même s'il n'en laissait rien paraître aux autres membres de l'équipe.

*

De l'autre côté de la planète, les militaires étaient à cran. Toutes les personnes présentes dans la salle du contrôle opérationnel de la base australienne étaient dans l'attente fébrile d'un signal de détection. Florilius avait les mêmes états d'âme que Sarian, mais pour des raisons naturellement opposées. Il espérait que son croiseur parviendrait à intercepter le bâtiment ennemi malgré sa vétusté et sa faible vitesse de pointe.

Le commandant ignorait les spécificités du Randor, mais il imaginait qu'un vaisseau capable de furtivité devait avoir des propulseurs récents et plus performants que ceux du vieux Carusif. Son navire fonçait à sa vitesse maximum pour atteindre, au plus vite, un point de saut, mais il avait peu de chance d'y parvenir à temps pour intercepter le vaisseau des Verakin, s'il le repérait. Florilius gardait cependant espoir que son croiseur parvienne à moins de cinquante secondes-lumière pour pouvoir lui expédier une salve de disques-torpilles. Sachant que le vaisseau ennemi devrait s'immobiliser totalement avant de transiter, il serait une proie facile pour des disques-torpilles lancés, à sa poursuite, à quatre-vingt-dix pour cent de la vitesse de la lumière.

*

L'océan Atlantique, au large des côtes de l'Afrique, était calme à cette période de l'année et le yacht parvint sans encombre, au large de Madère, vers 4h30 du matin.

Darin, qui avait relevé Telius au cours de la nuit, laissa tout le monde dormir tranquillement et ancra le First à huit cents mètres de la côte. Le second de Sarian profita de ces instants de calme pour se détendre un peu. Son esprit vagabondait et il se remémorait leurs dix-sept dernières années : leur arrivée sur terre, le subterfuge pour faire adopter Ishar, la surveillance discrète d'Oria et de lui-même, les bons moments sur cette planète encore naïve sur sa place dans la Voie Lactée...

Darin se souvenait du choix de s'installer dans ce bras spiral qui les avait obligés à traverser presque les deux tiers de la galaxie. Il n'avait pas été facile de choisir de s'isoler sur cette planète éloignée des routes de l'Empire. Ils s'étaient coupés d'éventuels alliés, encore fidèles aux Verakin, mais Sarian avait privilégié la sécurité de l'héritier. Cet isolement se transformerait en piège si leur unique vaisseau était détruit. Darin craignait l'arrivée d'une flotte impériale, car il savait que leur petit aviso ne tiendrait pas quelques dixièmes de secondes devant des croiseurs de guerre.

Le soleil commençait à poindre au ras de l'horizon marin et la beauté du paysage accapara ses pensées, interrompant ce court instant de pessimisme.

Sarian, qui ne dormait pas non plus, fut le premier à remonter sur le pont, rapidement suivi par Irias, qui prépara un petit-déjeuner pour tout le monde. Toute l'équipe fut rapidement opérationnelle, suivie assez vite par les quatre adolescents qui semblaient avoir pris la mesure de la situation et affichaient tous des visages graves et résolus.

 Paul fut le premier à interroger Sarian sur la suite des évènements et celui-ci en profita pour les informer des dernières nouvelles venant de leur base au sujet du croiseur impérial et de la fuite du Randor.

- Ça va être juste. Lui fit remarquer Darin

- C'est pour cela que je n'ai pas voulu que nous tentions l'opération avec Paul à bord. La marge d'erreur est trop faible pour prendre le risque de perdre l'empereur légitime. Répondit l'homme en regardant le garçon. Bien, abordons maintenant les détails de notre opération : nous allons nous rapprocher de la côte et entrer dans la marina de l'hôtel Calheta Beach avec l'annexe. Des chambres ont déjà été réservées par Mariq, qui est arrivé hier soir en avion. Il amène également des passeports pour

Mélanie et Alex. Cela devrait faciliter les déplacements, car nous ne devrions pas rester très longtemps sur l'île portugaise.

- Où comptez-vous nous emmener ensuite ? demanda Mélanie, un peu plus calme, mais toujours agressive.

- Nous avons plusieurs options pour quitter Madère. Tout va dépendre de la réaction de nos adversaires. Si la traque se relâche un peu, nous pourrons prendre un vol privé et revenir sur le continent avant l'arrivée des services spéciaux. Nous finirons ensuite notre trajet avec des moyens terrestres. Si au contraire ils retrouvent notre trace : il faudra improviser, mais nous avons déjà un plan de secours par bateau. Affirma Sarian avec une assurance rassurante.

- Pourquoi ne pas continuer avec celui-ci, après avoir ravitaillé ? interrogea Paul.

- Parce que si nos adversaires réussissent à nous pister, malgré nos efforts, ce bateau sera identifié rapidement et rester à bord en plein milieu de l'océan serait le meilleur moyen d'être intercepté. Sur un transport plus anonyme, il sera beaucoup plus difficile de nous retrouver. Mariq s'occupe déjà de nous trouver quelque chose pour les jours à venir. Ajouta l'homme.

Paul songeait que Sarian devait être un peu paranoïaque, mais, au moins, il semblait ne rien négliger. Après tout, c'était son métier et il s'en tirait plutôt bien.

Mélanie pensait toujours qu'il s'agissait d'illuminés, mais resta silencieuse : il sera toujours temps de prendre une décision lorsque je serai à terre. Pensa-t-elle. Alex et Stéphanie étaient pourtant concernés, mais ne savaient plus très bien sur quel pied danser et ne firent aucune remarque.

Le jour était entièrement levé, quelques nuages menaçants parsemaient le ciel et Paul admira un instant ce paysage tranquille. Il sentait l'excitation le gagner de nouveau : un mélange de crainte et de curiosité qui le poussait à suivre ces hommes et à accepter presque naturellement leurs assertions sur son hypothétique passé. Il observa, à la dérobé, son entourage et découvrit qu'Oria le fixait attentivement. Se pouvait-il qu'elle ait perçu ses sentiments ? Quels étaient exactement ses liens de parenté avec cette jeune femme qui l'intriguait tant ? Pourquoi se sentait-il coupable lorsqu'il était proche d'elle ? Autant d'interrogations auxquelles il lui faudrait trouver des réponses si leur promiscuité se prolongeait. Stéphanie lui attrapa la main et le contact le fit reprendre conscience avec la réalité.

L'annexe avait été mise à l'eau et il était maintenant temps de quitter le magnifique yacht. L'adolescente songea que si les circonstances avaient été moins étranges, cet intermède marin avait plutôt été agréable. Les jeunes gens rassemblèrent leurs maigres affaires et un premier groupe, composé de Darin, d'Alex, de Mélanie, de Vira et d'Irias embarqua sur le petit canot en direction de la Marina.

Sarian leur avait expliqué que Telius repartirait avec le First Episode pour le couler à vingt kilomètres de la côte afin d'éviter qu'il ne soit analysé et que les impériaux retrouvent des traces d'ADN Verakin à bord.

- Telius va revenir avec le Jet ski après avoir coulé le yacht ? s'enquit Stéphanie, auprès d'Oria.

- Non, il va revenir à la rame dans un canot gonflable pour éviter toute signature thermique. Répondit la jeune femme.

- À la rame ! s'exclama l'adolescente qui s'imaginait déjà perdue en pleine mer sur un minuscule esquif en caoutchouc.

- Ne t'inquiète pas, sourit Oria. Pour quelqu'un, amélioré avec un pack de Nanocrytes de niveau six, c'est une promenade de santé : il sera à Madère dans l'après-midi. Il pourrait même le faire à la nage. Lui laisser le canot : c'est presque du luxe. Plaisanta la jeune femme aux yeux bleus. Telius lui lança un regard faussement courroucé. L'exercice était en effet facile pour un garde impérial Verakin et ses aptitudes physiques renforcées.

- Telius, n'oublie pas de détruire le canot lorsque tu seras revenu à Madère, intervint Darin juste avant que l'annexe ne commence à s'éloigner du yacht.

- Ne t'inquiète pas, je te préviendrai dès que je serai à l'hôtel, cria Telius à l'embarcation qui voguait déjà en direction de la côte.

Le second groupe attendit une trentaine de minutes le retour de l'annexe et Paul en profita pour observer l'équipement qu'Oria et Sarian avaient déposé à leurs pieds. Ils emportaient de lourds sacs à dos qui devaient certainement contenir des armes et du matériel militaire. Darin avait déjà embarqué un sac identique et Paul se promit de les interroger sur l'armement dont disposait l'équipe. Ils en avaient discuté avec Alex, qui bouillait d'impatience d'être doté du fameux bouclier. L'annexe, qui approchait du navire, interrompit ses réflexions.

Il fallut un quart d'heure à la petite embarcation pour que tout le monde se retrouve sur le débarcadère de la marina qui jouxtait l'hôtel. Les adolescents n'étaient pas mécontents de se retrouver sur la terre ferme. Mélanie songea qu'elle allait maintenant pouvoir retrouver sa liberté d'action. Elle était lassée de ce jeu d'espion et était prête à laisser Alex en plan. *Qu'ils se débrouillent avec leurs problèmes. Tant pis pour Alex, un de perdu, dix de retrouvés*, pensa-t-elle un peu égoïstement.

Stéphanie était aux antipodes des pensées de Mélanie : elle s'inquiétait pour Paul, plus que pour elle-même. Elle avait compris que son compagnon était peut-être en danger et, même si les raisons lui échappaient, elle avait décidé de rester auprès de lui.

Alex semblait insouciant et à des lieux d'imaginer ce que pensait sa petite amie. Il était transporté par l'excitation de l'aventure et ne semblait pas prendre conscience des risques.

Paul observa l'hôtel qui leur faisait face : celui-ci semblait récent et comportait une plage de sable clair, très rare à Madère. L'île volcanique était ceinte de côtes très accidentées et les quelques endroits accessibles à la baignade étaient composés de sable noir d'origine volcanique et plus souvent de galets et de petits graviers. Paul apprendrait plus tard que l'hôtel avait importé du sable de l'île voisine de Porto Santo et que la plage elle-même avait été réalisée avec la marina.

L'hôtel blanc, avec quelques balcons de couleur orange, semblait posé sur l'océan Atlantique, le long de la falaise volcanique de l'île. Une piscine en forme de larme tronquée, décorée de quelques palmiers, habillait le devant de l'établissement, face à la mer.

Le groupe se présenta à la réception où des chambres avaient été réservées par Mariq pour tout le groupe.

Mélanie observait, un peu étonnée, la décoration du lobby avec ses canapés violets et ses fauteuils mauves à fleurs. Un peu kitch.

La réceptionniste, une jeune Portugaise souriante, ne parut pas surprise de les voir arriver par la mer et les informa que deux des chambres étaient déjà disponibles : leurs occupants avaient quitté l'hôtel très tôt pour l'aéroport de Funchal. Elle ajouta que les autres chambres seraient prêtes à partir de 12h, heure locale, mais que tous pouvaient se détendre dans l'hôtel et qu'un espace leur était attribué pour déposer leurs bagages et se changer.

Les installations étaient à leur disposition s'ils voulaient aller à la piscine ou la plage. Sarian proposa que les adolescents s'installent dans les chambres disponibles et se reposent un peu.

- Je viendrais vous chercher dans une heure pour aller acheter quelques vêtements et de l'équipement de première nécessité. Deux voitures de location nous attendent sur le parking, nous pourrons aller à Funchal et nous déjeunerons là-bas. Ajouta-t-il avant que les quatre jeunes gens s'engouffrent dans l'ascenseur.

- D'accord, on ne bouge pas de nos chambres cette fois-ci, promis. Répondit Paul le plus sérieusement du monde.

Ils purent ainsi s'installer et Stéphanie n'était pas mécontente de se retrouver un peu seule avec son amant. Les dernières trente-six heures ne leur avaient pas laissé beaucoup de temps pour discuter de leur situation et un peu d'isolement leur permettrait certainement de faire le point avec plus de sérénité.

Laissant Alex et Mélanie entrer dans la première chambre, les deux adolescents pénétrèrent dans la suivante. Celle-ci était décorée dans un style moderne avec un lit et du mobilier de couleur Wengé, un parquet brun, une grande baie vitrée ouverte sur l'océan Atlantique, des murs blancs sauf celui au-dessus du lit qui était recouvert d'un papier peint sur fond blanc avec des branches de buissons stylisés. Une télévision à écran plat complétait l'ensemble et Paul fut ravi de découvrir que les chaînes françaises étaient accessibles. Un rapide survol sur BFM TV et iTélé, deux chaînes d'information continue, lui permit de constater que l'on ne faisait pas état de leur disparition de Marrakech.

Stéphanie entraîna rapidement Paul dans la grande douche bien décidée à détendre la tension accumulée. Elle imaginait Mélanie et Alex de l'autre côté de la cloison et cela ne fit qu'accentuer son désir. Cette fois Paul se laissa guider sans aucune résistance.

Fin du premier volume

Glossaire

Aaken	membre du collège des Scientistes,
Al-heoxyrian	Nom donné à une entité ? Race ? Qui serait, selon les ildarans, à l'origine de l'uniformisation de la vie humaine dans la galaxie Voie Lactée. Voir Charte des Al-heoxyrians qui interdit le recours au saut quantique à proximité des étoiles ainsi que l'intervention dans les civilisations préspatiales.
Amaridinia	planète mineure de l'Empire d'Ildaran.
Arkrit	minerai découvert sur un planétoïde possédant des propriétés uniques lorsqu'il entre en résonnance.
Asuyâata	maître armurier de la planète Polona.
Averdin	clan ayant découvert la planète Terre, vassal de la famille Uphrasite.
Baliran	ancien garde impérial, a trouvé refuge dans la guilde des contrebandiers.
Bella	prénom donné à l'IA du Bellator.
Bellator	nom donné au vaisseau impérial conquis par Ishar Verakin.
Brasky	système de Brasky. Système solaire ayant violé la Charte des al-héoxyrians. Détruit par explosion de son étoile.
Briza	ancien garde impérial, membre de l'équipe de protection d'Ishar Verakin.
Carou 4	croiseur d'attaque embarqué sur le Bellator.

Carusif	croiseur léger détaché auprès de la garnison en poste sur la planète Terre.
Cavon Seravon	découvreur de la matière noire, ancêtre de Kera 1er.
Cheeris	membre du collège des Scientistes,
Coren Faraï	inventeur des Nanocrytes.
Corodria	minerai permettant de produire le corodrium.
Corodrium	alliage, à base de Corodria, particulièrement résistant permettant un façonnage moléculaire.
Corvin	capitaine d'une brigade squir, chef de la sécurité de Kera 1er, psykan de haut niveau.
Damiusin	ville sur Polona, réputée pour les artisans qui fabriquent des armes de très haute qualité.
Darin	maître d'armes, ancien garde impérial, membre de l'équipe de protection d'Ishar Verakin
Écu-Croix	bras spiral de la Voie Lactée (également appelé bras du Centaure). Se situe entre le bras Sagittaire-Carène et le bras de la Règle.
Extrapolonian	humain, étrangé à Polona.
Facel Randarion,	Inventeur de la technologie de déplacement par trou de vers, appelé également saut ou transition quantique.

Faraï   famille majeure de l'Empire d'Ildaran,
                            spécialisée dans la recherche médicale,
                            inventeur des Nanocrytes, de la
                            prolongation de la vie et des glandes
                            psykanes.

Farmien Horlzson,   inventeur du bouclier énergétique qui
                            porte son nom.

First Episode :   navire de plaisance à moteur

Florilius,   commandant de la base ildarane
                            stationnée sur la planète Terre.

Frochia,   (système de) système solaire situé proche
                            des frontières de l'Empire, étoile de type
                            naine rouge.

Gâal,   (royaume de), situé sur Polona.

Gâalanais   habitants du royaume de Gâal.

Golchem,   directeur scientifique de la base ildarane
                            installée sur la planète Terre.

Gorantim,   lieutenant du commandant Florilius.

Hefry,   membre du collège des Scientistes

Hertocha,   système mineur de l'Empire d'Ildaran.

Hevry,   membre du collège des Scientistes

Holocom   technologie de communication en 3D.

Horlzson   (champs) nom du bouclier énergétique
                            utilisé par les ildarans.

Humano-compatible   terme utilisé pour désigner les planètes
                            habitables par les humains et aux
                            conditions presque similaires à la planète
                            mère des ildarans.

Ika Seravon,   amiral de la flotte envoyée dans le système solaire, cousin de l'Empereur Kera 1er.

Ikon Seravon,   frère cadet de l'Empereur Kera 1er.

Ildaran   peuple de l'Empire d'Ildaran.

Ildaran Prime,   planète mère des ildarans et capitale de l'Empire.

Ilvaran Verakin,   ancêtre d'Ishar, inventeur de la technologie qui convertit les particules de matière noire en énergie et la stocke dans des condensateurs.

Irias,   intendant impérial de la famille Verakin, proche du père d'Ishar.

Ishar,   dernier descendant de la famille Verakin.

Jilien,   membre du détachement militaire commandé par Florilius.

Karyo,   capitaine du vaisseau amiral du cousin de l'empereur, l'amiral Seravon.

Kera,   prénom de l'empereur Seravon.

Kharitra,   planète mineure de l'Empire connue pour ses élevages.

Kin,   abbréviation de Verakin, symbolisant l'énergie produite par les condensateurs Verakin.

Klosteran,   ancien garde impérial, a trouvé refuge dans la guilde des contrebandiers.

Korïn Faraï,   inventeur des glandes psykanes.

Korisandre,   membre du collège des Scientistes.

Kriavia,	planète mère des scientistes située dans l'amas des Pléiades.
Kries,	résille Kries, dispositif de neutralisation des ondes cérébrales et de protection contre les psykans.
Liar,	membre du commando Squir de Corvin.
Livion,	commandant scientiste.
Lorka,	(fédération de), système solaire indépendant situé à 800 années-lumière de la Terre.
Mâarleen,	princesse gâalanaise, fille du roi Mâaspec
Mâaspec,	roi de Gâal.
Malezari,	famille majeure de l'Empire d'Ildaran, proche des Seravon.
Mariq,	membre de l'équipe de Sarian.
Marvio,	chef des contrebandiers installé sur Polie, la septième planète du système de Polona.
Milpars,	chef de la garde du prince Sertime.
Miol,	membre de l'équipe de Florilius.
Nanocryte,	nanorobots biologiques améliorant les performances physiques des porteurs.
Nanotraqueur,	dispositif de suivi de la taille d'une nanoparticule.
Narvin,	membre de l'équipe de Sarian.
Neurorécepteur,	dispositif artificiel biologique lié aux Nanocrytes.

Neutralisateur,	(de champs quantique) dispositif de brouillage qui bloque tout déplacement par trou de vers.
Niir,	adjoint de Corvin.
Numarion,	membre de l'équipe de Sarian.
Obvion,	membre du collège des Scientistes.
Okorox	animal de couleur fauve, orné d'une crinière de lion, ressemblant à un croisement entre un Wapiti et un cheval frison.
Oprius,	croiseur d'attaque embarqué à bord du Bellator.
Orcaphin,	système mineur de l'Empire, administré par la famille Uphrasite.
Oria,	membre de l'équipe de Sarian.
Orikan Verakin,	ancêtre de Paul qui comprit, parmi les premiers, le potentiel des glandes psykanes.
Pallaron,	membre de l'équipe de Sarian.
Perculio,	second de Marvio, connu pour être intelligent et perfide.
Perti,	membre de l'équipe de Florilius.
Polona,	(système de) et planète habitable.
Polonian	habitants de Polona
Port Gâal,	capitale du royaume de Gâal.
Prag,	membre de l'équipe de Sarian.

Psykan, humains ayant reçu des glandes psykanes qui amplifient leur potentiel psychique.

Qiotianne, (système de) abritant une planète agricole.

Quirtan, membre du collège des Scientistes.

Randarion, inventeur de la technologie de déplacement par trou de vers, appelé également : transition ou saut quantique.

Randor, navire furtif, au stade de prototype, ayant permis la fuite d'Ishar Verakin.

Raren, membre du collège des Scientistes.

Ravokâan Tâardian, duc, vassal du roi Mâaspec.

Relican, système impérial majeur, base de construction de vaisseaux militaires.

Rliostem, membre de l'équipe de Sarian.

Sarian, ancien chef de la garde du père d'Ishar.

Sariote 2, croiseur d'attaque embarqué à bord du Bellator.

Scienty, République de Scienty, système refuge des scientistes ayant fui l'Empire.

Sécurité Impériale, unité d'élite de l'empereur.

Seravon, famille majeure de l'Empire, rivale des Verakin.

Sertime, prince marchand sur Polona.

Sertone Prime, planète principale de la famille Seravon.

Sorphir, membre du collège des Scientistes.

Squir, groupe de protection psykan de l'empereur. C'est également un reptile

	très rapide et partiellement intelligent découvert sur Sertone Prime
Squir Prime,	aviso rapide embarqué à bord du porte-croiseurs.
Sylphiria,	planète mineure de l'Empire connue pour ses épices.
Tâalent :	monnaie en vigueur dans le royaume de Gâal.
Tâardian,	famille majeure du royaume de Gâal, vassaux de Mâaspec.
Tâargrien Tâardian,	fils du duc Ravokâan.
Tar 6,	croiseur d'attaque embarqué à bord du Bellator.
Telius,	membre de l'équipe de Sarian.
Teraflonis,	système solaire dans lequel fut découverte l'unique source d'Arkrit.
Uphrasite,	famille majeure de l'Empire.
Utuis Seravon,	oncle de Kera 1er.
Varle,	membre de l'équipe de Florilius.
Verakin,	famille impériale depuis la création de l'Empire jusqu'au putsch des Seravon.
Verakin Ildaran Frîîkr	cri de ralliement des gardes Verakin signifiant leur allégeance à la famille et à l'Empire.
Vernissos,	(système de), système solaire détruit par un vaisseau braskyien qui effectua un saut quantique trop près de l'étoile.
Vira,	membre de l'équipe de Sarian.

Virlin,	membre de l'équipe de Corvin
Waalsynn,	membre du collège des Scientistes.
Wimp :	acronyme de -Weakly interacting massive particles- ou « particules massives interagissant faiblement ». Les hypothèses scientifiques en font une particule probable de la matière noire.
Wooratoo II,	système solaire impérial le plus proche de la Terre.
Xionnes,	membre de l'équipe de Sarian.
Yjiis,	membre du collège des Scientistes.
Ykel,	membre du collège des Scientistes.
Yleb,	membre du collège des Scientistes.
Ylten :	membre du collège des Scientistes.
Ynair,	membre du collège des Scientistes.
Ystor,	membre du collège des Scientistes.
Zetarian Alpha,	système solaire industriel appartenant à la famille Malezari.

Remerciements à tous ceux qui m'ont soutenu dans l'écriture de ce roman et tout particulièremenr ceux qui ont lu les premiers jets et ont apporté leurs idées : Alice, Denis et René. Ils se reconnaîtront ☺